淡淡的心空

——卜文隽散文集锦

卜文隽 著

文匯出版社

图书在版编目（CIP）数据

淡淡的心空 / 卜文隽著. — 上海：文汇出版社，2023.9

ISBN 978-7-5496-4133-8

Ⅰ.①淡… Ⅱ.①卜… Ⅲ.①散文集—中国—当代 Ⅳ.①I267

中国国家版本馆 CIP 数据核字(2023)第 182561 号

淡淡的心空

作　　者　／	卜文隽
责任编辑　／	熊　勇
出版策划　／	唐根华
书名题词　／	张文龙
装帧设计　／	金雪斌
出版发行　／	文匯出版社
	上海市威海路 755 号
	（邮政编码 200041）
经　　销　／	全国新华书店
排　　版　／	上海雯学文化传媒有限公司
印刷装订　／	常熟市东张印刷有限公司
版　　次　／	2023 年 9 月第 1 版
印　　次　／	2023 年 9 月第 1 次印刷
开　　本　／	889×1194　1/16
字　　数　／	165 千
印　　张　／	12

ISBN 978-7-5496-4133-8

定　　价　／　58.00 元

版权所有　侵权必究

如有印装质量问题，请与承印厂联系调换 0512-52646971

序

奏流水以何惭？

——《淡淡的心空》之序

张文龙

为什么我要用王勃的名句"奏流水以何惭"作为给卜文隽新作的序的题目呢？容我慢慢道来。

21世纪初，卜文隽未毕业就在我们上海电视台实习，后来连续多年来参加导演组的工作。

当时，我作为台里的首席导演，经常要组织、创意、执导市里、台里的一些重大活动，比如像《蓝天下的挚爱——全天爱心大放送》《上海白玉兰戏剧表演艺术奖颁奖晚会》《加油，好男儿》《全国13省市元旦戏曲晚会》《上海市中秋晚会》……一些重大的节庆活动，还要担任三个栏目（其中有一个日播栏目）的制片人，非常忙碌。这时，台领导将卜文隽安排到我这儿。

卜文隽来到我们这儿后，不仅学习电视的相关业务非常认真、积极主动，而且十分吃得起苦，特别敬业，这跟其他比较娇气、自以为是的独生子女很不一样。她喜欢声乐，人也长得非常端庄秀丽。我每一次交给她的任务，她都完成得比较到位，我感觉到这个孩子非常可塑，将来一定会成为社会的栋梁之材。

然而很可惜，她最后没有在这条道路上继续走下去，选择了其他的工作，当然也很不错。

我们还是保持着联系，经常互致问候。她在自己的岗位上，也是兢兢业业，一有空她还常常来电视台导演组帮忙。

卜文隽结婚时我是证婚人，后来生了女儿小添。但她并没有因此而放弃学习，而是在学业上不断进取，提升自己。她利用闲暇的时间，经过几年的努力，获得了国际名校的博士学位，令人敬佩。这充分说明卜文隽悟性好，上进心强，目光深远，在当下白领年轻女性中绝对是凤毛麟角，也说明她能顺应时代的要求，把学习作为自己终生的事业。

她学的虽然不是文学专业，但在不久前，写下了一本十几万字的散文集子，希望我为她的书作序。

看了她所有的文章之后，我觉得她写得相当有水平，文学功底丰厚。作为她曾经的导师，我欣然答应作序，并推荐给好友——浦东作协副秘书长唐根华先生帮助出版。

我还用了王勃的名句"奏流水以何惭"作为卜文隽新作序的题目。是的，爱好文学创作，其实不必与自己所从事的职业挂钩。

当然起初，我还是有些惊讶的。卜文隽才三十多岁，这个年龄段的女孩子，一般忙于工作和家庭，往往特别喜欢打扮、旅游、购物和美食。尤其作为年轻的母亲，还带着需要照顾、陪读的孩子，真的难以再做其他追求丰富精神层面的事情。而卜文隽在教育工作如此繁忙的情况下，居然经常利用短短的闲暇时间，写下了四十多篇散文，编成一本集子，着实令人感佩！

说实话，阅读卜文隽的这本书，是一种心灵的洗涤和滋补。

这本书的内容，大致可以划分为三大板块。

在第一部分《雨踪云迹》中，收录了17篇散文，既有作者对自己幼年时生活圈、本地民俗和生活方式等的生动的追忆，又有自己大学毕业踏上工作岗位后的十几年来，将某些职场和生活经历的有趣叙述及深入思考，侃侃道来，波澜频现，饶有情趣。作者对于一种色彩、一块石头、一只宠物……都会有自己细致、独特的观察，而且往往会产生出人意料的见解，读来耐人咀嚼，也让人备感亲切。

第二部分《来踪去迹》共含14篇散文，大多的文章，是卜文隽写下的对于同母亲、女儿、亲友交往过程中许多难忘的回忆，其中蕴含着浓郁的孝心和母爱。尤其在女儿一到十岁的每个生日，卜文隽都要给女儿写一封贺信，字里行间，浸透了对于女儿的深爱和热切、真诚的祝愿和期待。充分体现出她初为人母，在育儿上的多种多样的思考，读来令人感动，甚至动容。其中，关于师恩的记述，既可以折射出卜文隽重情重义的内心世界，也透露出了她高尚、纯洁的人品。

最后一部分《今昔风影》，13篇散文，写于疫情肆虐的三年之中。大致可以分为两大块。一部分是抗疫经历；一部分用旅游来庆贺抗疫的胜利。

大家知道，突如其来的新冠疫情，曾经在我国人民的心坎上留下了一道道深刻的疤痕。对于这样的危机，好多人都不知所措，有的人整天怨天尤人、悲观沮丧，甚至导致颓废厌世。而我们看到的卜文隽却不敢沉沦，始终淡然面对。她怀着强烈的爱国情怀和教师的责任感，百忙之中，还去报名勇当志愿者，把自己以前在电视台学习到的一些导演、组织、操办艺术活动的能力，运用到小区居民群众的抗疫工作中去。她积极奉献自己的聪明才智，在所在的居民小区出色地组织了一台规模颇大的阳台音乐会，歌唱祖国、歌唱团结互助和人间真爱，极大地鼓舞了小区全体居民战胜新冠病毒的信心和士气，这就非常难能可贵！也充分展示了卜文隽作为一名博士和教师所能够达到的思想高度。

随着疫情的渐渐好转，她又重启爱好旅游的节奏，多数是近年来写的游记。看得出她对于大自然和旅游的钟爱，对于各地风景的深深眷恋。有些旅途经历，充满情节和心路历程，夹叙夹议，发人深省。

卜文隽的散文，一般都比较直白，非常真诚、质朴，因此具有一种独特的魅力。不少篇章的叙述又极富诗意和哲理，当然，她也常常引经据典，因此，使得卜文隽的散文具有了与众不同的人文厚度和思辨深度，非常难能可贵，恰恰是这些文章的价值之所在。

作为一位女性作者，她观察问题的角度有点独特，又特别细致，因而一路写来，许多章节非常吸引人。加上她悟性特别好，笔端饱蘸深情，充满人性，尤为感人。至少有一半的篇章，将事情娓娓道来后，往往有一个思辨的异峰突起，让读者也立即悟出她写此事的深意，从而浮想联翩。

当然，由于卜文隽是初次出书，还在探索自己的创作之路，文体及风格还有许多需要总结、提高、改进的地方。今后，卜文隽如果有更多更加出色的作品问世，我一点都不会觉得奇怪。

总而言之，阅读卜文隽博士的这些散文，让人感受到她的扎实的文学功底，犹如迎面吹来一股清新的风，一股来自黄浦江和东海的风，令人神清气爽。所以我鼓励她大胆出书，并希望她在文学园地里继续努力耕耘！

是为序。

（作者张文龙，系国家一级导演，中国作家协会、中国文艺评论家协会、中国电视艺术家协会等会员）

目 录

序

奏流水以何惭?——《淡淡的心空》之序 ·················· 001

(一)雨踪云迹

烟花、兔子灯的遐思 ·················· 002

梦中的飞屋环游 ·················· 006

快乐的秘诀 ·················· 009

飞走的红气球 ·················· 013

雨花石 ·················· 017

关于花的絮语 ·················· 020

游泳 ·················· 022

我们都需要阳光——致我所有的好友 ·················· 026

死亡 ·················· 031

BLACK(黑色) ·················· 036

小时候 ·················· 041

玉兰的衍想 …………………………………………………………… 044

你是你，我是我 …………………………………………………… 049

小狗 Nuni（努尼）………………………………………………… 054

失去——得到 ……………………………………………………… 059

A册B册 ……………………………………………………………… 061

咖啡 ………………………………………………………………… 065

（二）来踪去迹

致一岁——给女儿的生日贺信之一 ……………………………… 070

致二岁——给女儿的生日贺信之二 ……………………………… 073

致三岁——给女儿的生日贺信之三 ……………………………… 076

致四岁——给女儿的生日贺信之四 ……………………………… 079

致五岁——给女儿的生日贺信之五 ……………………………… 083

致六岁——给女儿的生日贺信之六 ……………………………… 085

致七岁——给女儿的生日贺信之七 ……………………………… 087

致八岁——给女儿的生日贺信之八 ……………………………… 089

致九岁——给女儿的生日贺信之九 ……………………………… 091

致十岁——给女儿的生日贺信之十 ……………………………… 093

我其实也会老去 …………………………………………………… 095

温暖的山 …………………………………………………………… 101

师恩如山（上）…………………………………………………… 106

师恩如山（下）…………………………………………………… 112

（三）今昔风影

小小的关爱，大大的幸福	120
回归的邻里之情	123
阳台音乐会	127
我的"好好学习"	130
小朋友们	134
新词汇	138
发高烧的记录	142
卧榻说	145
小人儿，大世界	148
飞行	153
深圳的大梅沙之行	158
深圳梧桐山之行（上）	163
深圳梧桐山之行（下）	170

后记

书名的由来和心语	179

（一）雨踪云迹

烟花、兔子灯的遐思

又到春节了,然后是闹元宵。王安石的诗总会在第一时间映入脑海——"爆竹声中一岁除,春风送暖入屠苏。千门万户曈曈日,总把新桃换旧符。"

是的,爆竹、烟花、压岁钱、敲锣打鼓舞狮舞龙……最后是无数的幼童,拖着点燃着蜡烛的兔子灯,穿梭在大街小巷里,大呼小喊、嘻嘻哈哈、前赶后追。确实,原本的那段时间,大家每天都过得开开心心、充满了欢乐和童趣。

然而,这些"过去",都已消失。现在已跨过"而立之年"的我们,对于春节,早已经没有了孩提时代的那种兴奋和急切期待的情愫。剩下陪伴大家的,一定是淡淡的过年的欢乐和温馨,甚至谈不上比平时有什么新奇或心花怒放的感受。

细细探究,内心的某个深处,我还是热切期待着过年的。过年,家人和亲友欢聚、唠嗑、契阔谈䜩,留下的永远是温馨愉悦的记忆。

记得二十几年前吃年夜饭的时候,我牵着侄子的小手来到街上,简单教会了他如何点燃"火树银花"。在绚丽的烟花下,他卷着舌头说:"火树烟花……"我想,或许等他长大了,就会自然而然地懂得"火树银花"的意思……谁知道现在的除夕,已经多年不能燃放烟花爆竹了。

都说烟花是稍纵即逝的,绚烂的背后是生命的短暂和无尽的硝烟。但我认为,至少它烘托了新年喜庆热闹的气氛,纵然消逝的只是它的生命,但能留给人们回味它绽放时带给大家的欢乐……

虽然喜欢宁静的我,不太喜欢花花绿绿、冲上云霄的大烟花。我喜欢的是小小的、银白的、看起来很温暖的小烟花,甚至是拿在手中的安全烟花。因为我有时会莫名地害怕大的烟花,总想远远地躲开它。后来,有一天我和母亲说起了这件事,母亲告诉我:"小的时候你曾被烟花灼伤过,大概就是那时留下的阴影。"真所谓"一遭被蛇咬,十年怕井绳",或许这也就是我一直怕火和带火的东西的原因吧。一旦害怕了,就不想再去触碰与之相关的东西,其实,这就是一种逃避危险的潜意识。

无论如何,过年,永远是孩子们最开心的时刻。母亲不经意间叹了口气,孩子们盼着过年,可我不希望过年,又老了一岁啊……母亲的这句话是轻轻地吐出的,但我依旧感觉到了它背后的沉重。转过身,潸然泪下。又突然觉得自己的脆弱,我不希望她老去,希望她永远不要离开我,尽管理智上我也知道,那是不可能的……

光阴如梭,转眼间到了元宵,这就意味着过年快要结束,然后又是漫长平淡的春夏秋冬、周而复始的四季交替。母亲叹自己的老去,再看看外婆,皱纹的沧桑变化更加厉害……反观自己,以后又何尝不是如此。

青春也宛如烟花,稍纵即逝。怀念以前的元宵,不仅仅是一大家子人又聚在一起,大人们一边唠嗑,一边都在揉捏糯米粉、包着汤团。

汤团，在上海也叫圆子。我至今没有搞明白豆沙馅和肉馅的汤团，到底哪个造型是圆形的，哪个应该是椭圆形的？但我依旧记得，我们小孩手里拿着面团在那里捣乱；自己在尝试着包一个奇形怪状的圆子后，等待着品尝的兴奋和欢欣。还有的就是拉着兔子灯在弄堂里转悠的那份无与伦比的快乐和自由。

那时的兔子灯，一般都是自家做的。竹子或铁丝的骨架，纸糊的兔毛，里面是空心的。最中间的是固定的蜡烛。通常是小小的蜡烛头，因为蜡烛大了，就会烧到纸。随后兔子灯烧没了，那时就叫"吃兔子肉"。灯座底下有四只小轮子，一拖就"咕噜噜"地转动。我的兔子灯是小小的，兔毛黄黄的，是用卡纸做的，有流苏。那时用卡纸做的兔子灯几乎没有。因为卡纸比较贵，而且比一般的白纸坚硬，制作起来比较费力。我的兔子灯的缺点就是有点黄，不是司空见惯的雪白雪白的那种……所以我一直有点耿耿于怀。别人的兔子灯有好多都是铁丝和竹子的骨架，我的则是藤条做的。藤条有弹性，做成的骨架比铁丝和竹子做的质量要好。但由于材料有限，我的兔子灯做得有点小……导致我极力地想吃"兔子肉"，一直没法实现。

那些年，元宵晚上的圆子都是迫不及待地吃完的，然后就拉上自己的这个"兔子"到街上逛悠。街上人很多，熙熙攘攘。那时，我有点幸灾乐祸，看到别人吃"兔子肉"，就在一边窃笑。同时，就会对自己的"兔子"优越的质量感到骄傲，全然忘记了先前对于别人"大兔子"的羡慕。印象最深的一次，就是别人的"兔子"着火了，一个小男孩在一边兴奋地喊："快看啊，吃兔子肉咯！"当别人的"兔子"快烧完时，旁边的大人也叫道："哎哟，看你的兔子……"那个小男孩顿时对着自己着火的兔子灯大哭了起来……那时母亲对我的教育是：不要在别人有困难时幸灾乐祸，就像你遇到困难时，别人在庆幸，那时，你就会觉得很尴尬、很伤心。那时候，我一直在疑惑，为什么我的兔子灯玩到现在，怎么还没吃到"兔子肉"呢？……

俱往矣，现在的春节期间，街上再也没有人燃放烟火、拉兔子灯了。我也早已远离孩提时代。作为母亲，也和我的母亲一样，害怕年复一年，自己的青春会很快逝去。有些期待过春节，但又害怕过春节。因为等到的，必然是元宵过后、春节结束后的那份漫长的落寞。

然而，烟花下的兔子灯，还会时时在脑际闪现、循环、希冀……确实，挥之不去。

我突然意识到，应该如何正确对待春节——这样一个中国人在所有的节日里面最看重的节日？没有之一。

我觉得这是一个很严肃的问题。十年前，我们突然地将春节和元宵这一段时间里面放鞭炮、烟花，包括兔子灯等风俗习惯，也可以称之为仪式感，轻率地甚至于说粗暴地将它们取缔了。岂料，欢乐祥和的气氛和年味没了，春节这个重要的民族文化传统（也可以称之为老祖宗的文化遗产）也日渐式微。于是，春节期间除了吃吃喝喝和走亲访友，就变得冷冷清清。春节在中国老百姓心目当中的地位渐渐淡了，特别是在年轻人的心目当中的地位一落千丈。他们更多地去崇尚和欢度西方世界的各种节日，比如圣诞节、情人节……

有时，我斗胆在想，我们竟然把自己优秀的民族文化传统轻率地抛弃，是不是犯了一个错误？

其实，在科技发达的今天，放鞭炮、烟花，包括兔子灯等风俗习惯造成的污染环境（包括噪声污染）、引发火警等问题，完全可以借助高科技手段来加以解决和控制，不必因噎废食，将春节那些重要的吉庆元素和仪式全部加以废除。

当然，我深知人轻言微，故将上述言论以"遐思"概括之。

梦中的飞屋环游

生活和婚姻，就是一种承诺；不是仅仅爱，而是责任和坚守。这是看完《飞屋环游记》后我的感受。

这部在夏天上映的迪士尼影片，感觉是一部送给成人的片子。主人公卡尔与老伴艾丽年纪大了，当一方离开了，就对曾经共同拥有的东西格外珍惜。除了爱情，其实大多数的人喜欢舒适区，大家都有些害怕改变，害怕失去，继而坚守着共同的回忆，一定要完成共同的心愿，哪怕鱼死网破。为此，当艾丽离开了卡尔后，卡尔竭尽全力保护着这幢充满回忆的屋子，哪怕让它飞上云霄。

我当时就质疑这个情节的科学性：在我的认知里，觉得一般橡胶气球充满氢气是无法飞行到一定的高度，因为会引起爆炸！另外一栋房子的重量，需要多少个气球的吊拉，才能顺利起飞？其中还要计算气球的损耗，还有气球充气的速度和漏气的速度……可是陪着我看这部电影的人提醒我：这仅仅是电影，允许虚构的，你不要纠结于现实，如果要那么科学，那么所有的电影都不存在了。曾经驳回我质疑的人，现在他已经成为了我孩子的父亲。

那时网评和周围的人都说《飞屋环游记》很感人，看了以后觉得，对于沉浸于爱的人来说很感人。可是这又何尝不是人们对爱情的诠释过于乌托邦呢？卡尔与老伴艾丽白头到老，相濡以沫，是任何人都想拥有的天长地久。甚至艾丽死后，卡尔无论如何都要完成共同的承诺。

爱，本来很自私。尤其是上了年纪，老人由于闭塞和保守，行为也会变得偏激和执拗，所以才会有一系列的故事发生。其实，逝去的爱，往往比不过严酷的现实。因为现实生活中的爱，会让人改变一些固有的信念。只有秉持着既定的目标，即便在磕磕碰碰中误打误撞，也会认清了某些事情的真相后，能够大彻大悟，返璞归真。本性的善良，使得情节按照逻辑，顺顺利利地发展而有惊无险，结局当然是大圆满。飞屋降临在仙境瀑布旁，度鸟也和她的孩子们团聚了。

故事中的世界总是那么美好，一切都是在幽默中开展，在优雅中演绎。而实际的生活里，往往没有这么梦幻，这般温馨浪漫，或许常常遇到的是阴霾和冷酷。

当气球飞上蓝天的那一瞬间，是所有怀揣憧憬的人，见证梦想正在实现的时刻。可是在梦想面前，有多少人抛开失去的获得，能够真正鼓起勇气去实现它呢？许多时候没有行动的人看着成功的人说：哎呀我就没有这个运气……

当梦想遇到了阻碍，和现实相冲突时候，有多少人能够接受现实，委曲求全，去忍受现在的跨国阻碍，继续前行呢？

世界上确实有许多美好的东西，但在现实之浪的冲刷下有时会暴露出丑陋和狰狞的一角，有多少人醒悟和正视这些端倪呢？世界上究竟有多少如此美好与罪恶并存的事情，会真的永远美好或者永远罪恶吗？

尽管在电影中，也有一些事实的反映，但毕竟是残缺的。

或许我不该质疑影片的真实，我应该享受这部影片带给我的快乐和感动。可是，往往会想，拨开影片提供给我们的虚幻面纱，我们将要面对的还是现实。

这样，转来转去，观影的过程变成了一段自我思考和自我反省的经历。带来的竟是脱离了电影带给自己美好和温馨的初衷，反而把自己困囿在了纠结与否定之中！

突然，我终于明白了一个道理——审美时需要忘记现实！为什么让自己的思维去主导一部卡通电影？本来就是一部欣赏和休闲的影片，却让我作茧自缚，跳脱了影片的旋律困住了自己。

是的，有谁可以否认我们每一个成家的人都需要陪伴？因为陪伴确实很温暖，它意味着这个世界上，有人愿意把最美好的东西给你，那就是时间。日复一日，年复一年，直到白头。最后，让你感到，陪伴就成为了你最大的一种习惯。

"草，在结它的种子；风，在摇它的叶子。我们俩站着不说话。"有位诗人的眼里，陪伴就是这么简单而美好。

当然，在我们每一个人的生命里，会遇到各种各样的陪伴。比如学生时代，同学之间几年的陪伴；比如夫妻之间，相濡以沫几十年的陪伴；比如父母与孩子，生命与血脉注定一生的陪伴。在这个世界上，没有一个人是孤岛，失去了陪伴，也失去了生存的意义。所以说，陪伴也是一种力量，而且是难以取代的巨大的力量。

于是，我抛开了自己的"科学认知"，慢慢地徜徉在这部美好的影片里，想象着它带给我的期待和温暖。飞翔的相濡以沫，环绕着碎碎暖暖，静静伫立在充满了回忆和爱的那栋小木屋里，看到天使戴着花环，在蔚蓝的天空中飞翔，心情无限愉悦……

快乐的秘诀

朋友圈弹出一位久违的未联系的朋友，回想起那时候女儿还没有出生，和她一起去听母婴课，她的丈夫突然问我：你有什么快乐的秘诀吗？我看你总是嘻嘻哈哈的，一直那么开心。我回答说：因为我在不开心的时候想开心的事情呗！具体的我想一想再告诉你吧。

走在路上，我问妈妈：妈妈，别人问我快乐的秘诀是甚么吖？妈妈不假思索地说：你整天没心没肺的，什么事转眼就忘了。

于是，我在微博上和他说：快乐的秘诀就是遗忘和选择性忽视那些让你不快乐的人和事。

其实当阳光普照的时候，总是会有相对面积的阴影的。只是，学着去忽视那些阴影罢了。

都说女人孕育了新生命，心境、想法都会改变，可是我发现我除了人胖了，变懒了，肚子大了点，其他都没变化。和老公谈心的时候问他：我们真的准备好做爸爸妈妈了吗？他没有立马回答。我估计，他其实和我一样迷茫吧。其实那时候家里都很快乐地期待这个小生命的诞生。加上我许多朋友的关心，还有我们的车队死党们，这个生命和其他生命一样承受了众多的祝福和期待。那时候在很羡慕的目光下吃吃喝喝睡睡玩玩，或许也是别人眼中的一种快乐吧！

曾经有句很通俗的话来解释快乐：狗吃骨头猫吃鱼，奥特曼打败小怪兽。换而言之就是做喜欢的事情就是一种快乐。

但是换个角度，黄梅雨季出太阳了是种快乐，和朋友一起聚会出去玩是种快乐，和爱人一起去想去的地方是种快乐，看老爷爷老奶奶相濡以沫手牵手散步也是一种快乐。

快乐似乎没有定义，没有特定的条件和评定方式，可以看到笑容绽放在每个感受到快乐的人的脸上。

有时候也觉得，快乐难以捉摸，又如此简单，姑且就定义为一种感受吧。

在等待新生命降生的过程中有快乐，有烦恼，毕竟从心理上真的还没有完全接受突然出现的小生命，他（她）打乱了我们的各种出游计划，自由自在的两人世界刚开始就结束了。但是看着走在路上挺着大肚子的孕妇，感觉还是很温暖、很幸福的。

快乐会从幸福中诞生的吧。看着身边的准妈妈们都在准备一些留给孩子能看的文字、照片比如妈妈日记什么的，但是又有些犯懒不想写。因为该懂的，他以后自然会懂，要了解我，让他自己看我的文章，不用刻意地告诉他：我怎么爱你，怎么期待你，怎么怎么……让孩子以后自己去领会吧。轻而易举地得到，没有悟道来得深切、扎实。而且我的生活依旧是我的，不是这个小家伙样样都要填满我的每个空间，就如同他以后长大了，不希望我充斥着他的头脑和生活的所有空间一样。

快乐是什么？每个人都有自己的定义和想法还有感受。我没有秘诀，回首看走过的脚印，不管是深是浅，不管仓促还是悠然，经历过了，才会雨过天晴。快乐，也会在雨后的晴空中吧！

后来，我仔细琢磨了一下，又觉得对于快乐的理解似乎还应该再拓宽一些。

要快乐，首先要学会忍耐。常言道："忍一时风平浪静，退一步海阔天空。"

有时为了不让自己吃亏，为了让别人看到自己不软弱，往往选择咄咄逼人。殊不知，一味地与别人争执，只会将自己陷入困境之中，适当的退步反而会柳暗花明。

这里讲述一个大家或许听到过的故事——在清朝康熙年间，有一位名叫张英的大学士，在当时赫赫有名。

一日，张英收到一封家书，信中写到邻居家中要盖新房，想占用家里三尺地，家里人希望张英动用关系解决这件事。

张英看完信后，只回了二十八个字："千里家书只为墙，让他三尺又何妨。万里长城今犹在，不见当年秦始皇。"

信寄出去后，家里人看到瞬间明白了张英的意思，于是主动提出要让三尺地。

邻居看见张英家主动退让，倍感愧疚，也选择让出了三尺地，这便是历史上著名的"六尺巷"。

是啊，人生于天地之间，如此宽广，让他三尺又何妨？

一封书信，代表着一种情怀，更代表了一种气度。也造就了心情的快乐。

另外，要学会善待别人。为别人鼓掌的人，也是给自己的生命加油！生命是一种回声，我们把最好的给予别人，就会从别人那里获得最好的！当我们学会了欣赏和感恩，就拥有了幸福和快乐！

如此看来，要快乐其实也不难，争取每天都要给自己一个好心情。

人生说到底，活的就是心情！人活得累，是因为能左右你心情的因素太多。天气的变化，人情的冷暖，不同的风景都会影响心情，而这些都是无法左右和改变的。看淡了，无非阴晴，想通了，人生不过百年，沧海桑田，世事变迁，自然安稳，随缘自在。不悲不喜，便是晴天。心情不好时告诉自己：再苦再累，只要坚持往前走，最美的风景终会出现；只要坚持不懈，即使受到坎坷挫折也无怨无悔。人生的诸多烦恼，其实源于自己怎样去面对。人生的每一天，是希望，也是新的开始，无论过去多么美好，都将成为过去；无论现在多么艰难，都要去经历应战，记着每天多给自己一个微笑，让人生的每一天都溢满光彩。用感恩的心对待每一天。时间的落幕，人人都是过客。如烟的时光，谁都抓不住。不必刻意去坚持，也无须不舍。时间在让你成长，也让你看清楚很多，没有什么不可失去，没有放不下的人，没有放不下的事，没有过不去的坎，没有搁不下的事。相信命运，一切都是最好的安排。

　　这就是我对于快乐的理解，不知您是否赞同？

飞走的红气球

带着女儿趁着春光出去玩,在公园的门口经常会有人卖气球。五彩气球总是吸引着孩子的目光,孩子们会叫家长买下喜欢的气球,兴高采烈地带着气球蹦蹦跳跳离开。女儿看了看气球没有她喜欢的颜色和图案,也没叫我买,就离开了。

可是此时有一个小女孩却吸引了我的目光,这个小女孩,或许刚刚学会走路,步履不稳。行走时,两个稀疏的小辫子扎在两边,右手的臂膀上绑着刚买到的一个鲜红的草莓气球。这只气球的鲜红色彩仿佛初升的太阳,放射出夺目的光彩。她走着走着,就侧过头看看自己的红气球,然后使劲地摆动几下手臂,看着气球的起起伏伏,来来回回好几次,每一次都会"咯咯"地笑。或许是气球绑得太松了,连续的动作使得绑气球的绳子松开了,气球慢慢往上飞。孩子连忙伸出小手臂去抓这个红气球,可是怎么也抓不住、够不到这根细细的绳子。眼睁睁地看着这个气球就要飞走,在一旁聊天的父母也加入了抓回气球的行列。可微风一吹,气球加速往上腾飞,小小的气球就再也回不来了,它已经飘出了我们所能够得到的地方……

小添遗憾地叹了一口气:"妈妈你看,气球就这样飞走了啊。"

我心里在想,这个小女孩会不会哇哇大哭,叫自己的爸爸妈妈去找回来,或者再去买一个?出乎意料的是,她并没有哭。反而直愣愣地站着,仰着小脸望着那个红气球越飞越高,虽然有些依依不舍,但是没有同龄孩子的哭闹。

这让我很诧异。她一直看着,看到气球没有影子了,才转过身回到旁边椅子上,坐在休息聊天的父母身边。

在这一刹那间,不知为何心中充满了一种莫名的感动。从大人的角度来说,感叹孩子的懂事,不哭不闹。从孩子的角度来说,一个小孩子能够如此淡定地接受喜欢的东西就此离开,这份超过年龄的成熟与洒脱可真了得。

是的,从红气球飞走的那一刻,从小女孩那张纯真的脸上,我懂得了学会放弃。其实有时放弃也是一种美德。放弃之后并不代表你一无所有。可能还会因祸得福,甚至会得到意想不到的益处。

古人云:"塞翁失马,焉知非福?"另外,我们的常用词"舍得",也颇有内涵,舍,即要学会放弃;得,才因此有可能获得更多。

于是,我随口问女儿:"红气球飞走了,妹妹为什么没有哭呢?"

小添想了想对我说:"可能是妹妹觉得气球宝宝飞去找气球妈妈了吧?可能是宝宝想妈妈了!"

这句话让我顿时觉得心暖暖地,既来自陌生的小女孩,也来自我的心肝宝贝。

那个飞走的红气球,让我看到了孩子的"舍"与"得"。"舍得",这个词最早出自于《了凡四训》,就是说懂得布施才能得到的意思。佛告诉我们:有舍才有得!你舍财,你就得到财富和福报；你舍法，你就得到聪明与智慧；你舍无畏，你就得到健康和长寿。

它已经被这个女孩赋予了暖暖的心意，反过来想想，我们作为成年人，有时常常会忘记"放弃"的选择。遇到事情斤斤计较，一句过激的话，一个不当的动作，会造成很多的矛盾，会失去很多的欢乐，人心不足蛇吞象，欲望多了，就不会安于现状。当欲望的沟壑越来越难填，人的心也就越来越难满足。不舍得已经成为了大家的常态，不舍得所造成的争执日日都在上演。

其实有时候，我们只需要平静地目送利欲的离开，就像这只飞走的红气球。得到的，是平和、宁静和淡定……尽管内心可能会有些失落，但同时会获得一丝豁达和广阔的回旋余地。

我踏着弯曲的幽径，细细品味红气球的故事，觉得这种事情似乎时时刻刻在我们的身边盘旋，广而思之，依稀想起我在电视台时候的恩师，一位睿智的长者，在我最为黑暗的时候送给我的一段话，相当地有哲理："人有烦恼，无非就是因为记性太好，不该记的也时刻念叨着不放，背负太多，反而难以前进。大千世界，人无完人，看看别人的错，再想想自己的过；看看他人的非，再谅谅他人的难。人心越淡，伤害就越少；人心越宽，快乐就越多。烦恼本无根，不捡自然无。不如一笑而过，让时间给出答案。世间之事，一念而已，心中若有事事重，心中若无事事轻。人再厉害，也不会风光永远；你再平凡，也有灵光闪现。不要看轻自己，你的特长，别人没有；也不要盲目的去仰慕别人，人人有所短，人人有所长。坚持自己的原则，做好自己的事，把真诚送给懂得回报的人，把宽容让给知道感恩的人。在人之上，别给别人脸子看；在人之下，别看别人的脸子。学会坚强，给自己鼓掌，学会坚持，给自己力量；学会独自欣赏，散发自己的芬芳……"

感恩，我与您的遇见，虽然因为工作的关系分开了，没有跟着您学习更多的专业知识。但是自始至终在我的人生中您指引着我，步履蹒跚地前进。

雨花石

看到一个小朋友在准备少儿声乐考级的曲目，其中有一首歌就是《雨花石》。

这勾起了我的回忆，初中的时候，我学过声乐，当时属于"文艺活跃分子"，学校里的每次文艺会演差不多都有我的身影。有一次学校的文艺会演上，我依旧是唱歌，主办者要求唱响主旋律，于是，我便唱了这首颂扬烈士的歌曲《雨花石》："我是一颗小小的石头，静静地躺在泥土之中。我是一颗小小的石头，深深地埋在泥土之中。我愿铺起一条五彩的路，让人们去迎接黎明，迎接欢乐。"

十几年前演出的具体情景，我已经记得不是太清楚了。我在台上唱的时候，大多都是依照老师教的时候的歌唱技巧，比如气息、动作表现、舞台走位……真正的歌词所表达的含义，其实已经被舞台表演所覆盖。

高中时候，好友青青去南京旅游。见到了他，我还没问他南京回来有什么感触，他就送了雨花石做的手串给我。他说，各著名旅游点上，吃的玩的东西现在到处都有，在上海啥都不稀奇，唯独南京出产的才别具一格。他当时觉得这石头很有收藏价值，于是就买了一串送给我。我看了,也觉得真的很漂亮。

后来,我也把这事给忘记了,从没有拿出来戴过,慢慢将它遗忘在家里的角落中。

记得幼时,我和小姐姐一起长大,在成长的过程中有时候她住我家,有时候我住到她家。有一个暑假,我住到了姐姐家。姐姐家在徐汇区,我们每天都会趁姨妈和姨夫上班的时候,悄悄地溜出去玩。有时候我们去龙华旧机场的泥地里抓蟋蟀,被烂泥粘掉了拖鞋;有时候跑到植物园去看看花,然后被蚊子咬了一腿的包……玩着玩着,我们玩到了一个像公园一样的地方,没人拉着我们买票。在浑然不知的情况下,我们居然跑进了龙华烈士陵园。

陵园里永远保持着一贯的肃穆和宁静。平时,难见到人影。几只活泼的小麻雀"喊啾、喊啾"地鸣叫着,飞翔着。我们避开被太阳炙烤得火热的石板,躲在了树荫下。平时嘻嘻哈哈的我们安安静静地走着,感到了来自周围的神圣庄严。空荡荡的陵园中我们小心翼翼地走着。走过一排排烈士墓,有些有名字,有些是无名墓。突然看到一个墓前有放着一束鲜花,旁边还有一朵小小的纸黄花!或许是这位英雄的家人和后代敬献的吧。他们一定来这里瞻仰过引以为傲的英雄。我本想数数这里一共有多少墓碑,有多少烈士在这里安息?但到最后我还是放弃了!因为数也数不清。

小时候,我总好奇,外公的牌位旁还有一个没有照片的牌位。每到冬至祭拜老祖宗放碗筷的时候,旁边总会有一副和外公并列的碗筷。妈妈告诉我,她有一位伯伯,是外公的哥哥,她称他"长孙伯伯"。长孙伯伯是江浙沪的船王,有着自己的船队,可是有一天他出去后,就再也没有回来。过了好久好久才知道,日本侵华战争时,有一支回沪的船队被炸沉在黄浦江口,这支船队就是长孙伯伯的船队。长孙伯伯无妻无后,他的遗产给了我们家继承,包括我出生的那套房子。所以,我从小就独自睡在六尺红木的棕绷大床上。小小年纪的我,当时的房间居然有二十多平方米。所以,童年时一直是我邀请小伙伴到我家来玩,因为我家有着足够的空间供我们这些淘气鬼来搅得翻天覆地。

所以,每次家里祭祀祖宗,我都会在很虔诚地给外公磕头的同时,也会给长孙伯伯磕头,感谢他的奉献。现在想想,小时候什么都不懂,单纯感谢的是他留给我们的物质,其实我该缅怀他对国家做出的贡献,他的船队永远沉在了黄浦江底……但是,或许,他早已被大家遗忘了,不是吗,在烈士陵园似乎没有一粒属于他的沙土。

忽然,我脚下一绊,重心不稳,人向前一冲,低头看到脚下有一块石头,如汉白玉般纯白剔透的石头,里面还夹杂着丝丝如鲜血般的红色。于是,我联想到了雨花石。据说南京有个雨花台,雨花台上有雨花石,雨花石上有一丝丝像血丝般的条纹,据说是被英勇就义烈士鲜血染红。虽然这仅仅是一种传说,但说明了人民群众对烈士们由衷的尊敬!

我暂且就认为脚下的这块石头就是上海的"雨花石",不知它是本来就在这块土地上的,还是被搬运过来铺路的。但我可以肯定,它与烈士一起躺在这里是值得自豪的!它与许多石头在一起,铺起了一条让人们瞻仰烈士的路。就犹如众多烈士用血肉之躯铺起了一条让人们通往光明的路。

两个小姑娘参观完烈士陵园,静静地走了出去。回到家里,没有姨妈的督促居然乖乖地做起暑假作业来。

回想那时在人流中穿梭的幼小的我们,就如同两颗小小不知名的石头在路上滚动。

事到如今,我们走着各自的人生之路,在浩瀚的生活中合着其他无数的石头,铺就了一条道路,一条通往未来的道路……

关于花的絮语

我记得曾经在书上看到一句聊到花最经典的话：好奇为什么一群女人追着会枯萎的植物……好在自己好像对花没有执着与热情，就逢年过节的时候想着买一束在家里烘托一下气氛，点缀点缀。以至于老公送花这种浪漫的事情，可能不太会发生在我的身上。

身为老师，每到教师节，总是会收到些许向日葵。其实我对向日葵的认知就是：嗑瓜子和大脸盘。

N年前，跟我老公还在"轧朋友"的时候，他也揣着教师节应该送向日葵这个理念，买了一大束向日葵，等在我单位门口接我下班。浪漫的夕阳，金黄色的光晕，一切似乎总是那么美好……当我"谢谢"两字仅吐了一个字，还有一个谢字尚留在嘴巴里边，就看到这一束向日葵最中心的那一朵的花蕊上探出一个肥嘟嘟的白色的脑袋，随后整条小指大小的胖白虫在向日葵上蠕动着。我站在单位门口抑制着嗓子眼里即将发出的声音，但是又不得不抒发一下我此时激动的心情……那是理智与情感的碰撞，毕竟在公众场合，理智最终胜利了。

于是，这次向日葵上竟有小精灵参与的事件，就成了我和老公经久不衰的互相嘲笑的梗。谁知道，他向我求婚时候，为了杜绝向日葵中再出现此类高蛋白生物，他准备了一支比我还高、脸盘比我还大的向日葵假花，对！塑料假花！后来，他还精心地将向日葵的塑料假花绕在了婚房的窗帘上……

那个年代，来自理工男的执着，无法追上文艺男青年的浪漫。但是至少有着严谨的"吃一堑长一智"定力，——绝对要杜绝同样的问题第二次出现！

现在敲键盘，撰写此文的时候，实在想不起来，后来那支巨型向日葵假花去了哪里？反正我不想再看到它了。

其实我还是挺喜欢向日葵的，以前总是好奇，大脸盘怎么追着太阳跑的？它扭来扭去是不是会闪到自己的腰啊？——就是花茎会不会扭不回来拧坏了呢？

后来，到了种植向日葵的田里，才真真切切地发现，长满了瓜子，成熟的向日葵竟是耷拉着脑袋。这么沉重，如何扭腰呢？我好奇，密密麻麻的瓜子又是怎么长的？

我还特地在网上下单，买了"大脸盘"，想看看"密集恐惧症"下的瓜子是怎么一回事？谁知道从内蒙古发货来的"大脸盘"，不知道将其抽成真空的哪个加工环节出现问题？居然漏气了。拿到了邮包后，给我的是密集恐惧症+绿毛霉变的惊吓！从此以后，向日葵在我心中的地位一落千丈……

其实我对花还是喜欢的，有时，摆脱一下工作的繁杂、生活的束缚，最开心的事情，莫过于带上家人或约上三五好友，春天看桃，夏天赏荷，秋天望桂，冬天怜梅……点上精油蜡烛，整理一下花瓶中的鲜花，和好友互相讨论一番插花心得，也挺有情趣……只要有对美好生活的向往，有益的人生永远不会枯燥。

游泳

从女儿小添出生后,家里就准备了一个小小的泳池,每天都让她在水里扑腾扑腾。可能是从小就在泳池里玩的关系,她非常喜欢水,哪怕后来由于身体原因好久不下水,只要看到泳池依旧想跳下去。

我们度假房的会所里进驻游泳教练后,她想尝试着学游泳。因为会所不经常去,房子刚开始装修,我们也就没当回事儿。偶尔过去办事情的时候带着她,把她丢泳池里,外婆和救生员看着她,她在水里扑腾她的,我们急急忙忙办我们的事。谁知道她就在泳池子里待了两个小时,就在一瞬间,她居然自创狗刨2米了。

当我正好回到泳池,前一秒她还在水里兜兜转,一瞬间看到她突然会狗刨刨起来了,突然觉得很意外、很突然。论游泳,我是个半吊子,会游一点点,但是肯定不能去深水区的。小添的爸爸是旱鸭子,就是套着救生圈也不愿意下水,教练教了都退钱放弃的那种。没有想到女儿居然自己在水里野蛮生长,扑腾扑腾,会小狗刨了。

我对着外婆兴奋地说,小添自己学会了游泳哎!

外婆斜了我一眼：这有啥，我们小时候学游泳，全是自己在水里泡着泡着就会了。现在的小孩子讲究，要报班，要教练。我们那时候哪里来教练，和你的舅舅们一起在家旁边的小河里待个半天，自然而然就会了。

好吧，我只能把满腔欢喜转移到指尖上，打字发给她爸：你女儿比你出息，人家无师自通，会游泳了。她爸像得了命令似的，第一时间冲到泳池边拿着手机拍拍拍，感觉我们就是一群没有见过世面的人，兴奋得不得了。

回家的路上和小添聊，怎么突然会的？下泳池的时候还是一张白纸。别说泳池了，家里连浴缸都不曾泡过。小添说，她自己也不知道，反正看看人家，再自己模仿模仿，再看看人家，再自己模仿模仿。反正就在这样看了以后模仿，多练几次突然找到感觉了，会游了。

我说：有道理，在没有教练的时候，观摩别人就是最好的学习。

我觉得今天该和小添好好梳理一下成功的经验，或许对于孩子来说，这是一个极好的契机。经验梳理顺了，以后就是一个可以复制的学习模式，对于学习能力的提升或许有些用。

的确，看得多了，对于自己来说，学习别人的经验是非常有必要的。其实这些道理我们也懂，在生活中也有很多机会去观摩别人，但是只是观摩而已。看过了，就觉得自己也会了，并不去实践。到了关键时候，依旧会用自己已有经验去践行，其他的都抛之脑后。所以，在观摩后，我们经常会忘记去巩固实践。但别人的经验毕竟是别人的，只有迅速转化为自己的心得，才会内化成自己的东西，不会被大脑遗忘。

我继续鼓励她：我觉得你今天最成功的地方就在于，你观摩了别人以后，马上去实践。这就是趁热打铁，迅速把别人的经验转化为自己的经验。这点非常棒，就是你后面成功的关键和秘笈。如果你光看不练就是——

小添说："我知道，我知道，你学会了吗？哦，我学废了！"

"对对对。"我俩嘻嘻哈哈笑作一团："那你学废了吗？"

"没有！我学会了啦！"

所以我俩得出的成功经验就是：看了要动，发现不对，还有机会再去看看别人，及时修正自己，就可以啦。

其实，在跟小添聊天的时候，我自己也在反思自己：有很多时候，我都觉得她不会，从而要指手画脚去教。教不会，就要自己肝火上亢……接着就是一系列的恶性循环。今天小添用她的行动告诉我，她会观察，会动脑筋，摸索出适合她的方法。尽管方法各不相同，正所谓"条条大路通罗马"，不管飞机轮船高铁，能够到达目的地就好。

在教育孩子的过程中，我们作为家长很多时候就是典型的：妈妈觉得你冷。我觉得她不会，我要去帮助她，我要去告诉她，我……看看看，一切是从成人的主观臆断出发，都是我我我我，而不是孩子本身。今天恰恰是她用行动告诉我：我自己可以。

她眉飞色舞地讲述着今天游泳时候，自己摸索的细节，见她那么喜欢游泳，我在思忖，尊重她吧，兴趣是最好的老师！索性去会所，给她报一个游泳班，让她学习游泳。

盼望着、盼望着，终于盼到了游泳第一课，在教练的指导下，小鸭子开始在水里有模有样地扑腾了，姿势比狗刨标准了不少，借助浮板能游全程，甚至能去深水区了……教练的规范训导还是很起作用，非常重要。

感觉孩子们就像一棵小树，有阳光、雨露，就能向上生长，不用过多干涉，自然而然会长高长大。我们的作用就是当它累了、歪了、需要我们的时候去扶一下，引导一下，或者给一个支点，让它继续攀登。

愿每一棵小树都以它们自己的方式，健康茁壮地成长！

我们都需要阳光

——致我所有的好友

天亮,天黑,一切都在轮转。阳光,黑暗,交替而不停歇。我们都是孤独的个体,在时光交错中寻找自己的容身之地,迈步人生之路。时空,看似光怪陆离,可是当一切趋于宁静,我们能感受到宁静中的平衡。

真的,生活就像一杆天秤。《圣经》中有一句非常著名的话:"God closed a leafed door for you to open a leaf of window inevitably for you."(上帝为你关上了一扇门,必然为你打开了一扇窗。)关上门,与之持平的是开扇窗。关门,是你经常直面的严酷的现实,必然让你感到麻烦和压抑;同时,又为你打开窗户,给你解脱的机会,只是你或许没有觉察而已。善良而弱小的人,遇到了伤害,总喜欢把自己蜷缩着,用手臂遮挡着,以躲避着加害者的施暴。一旦险境消失,也不去细细分析事情的前因后果,就惊魂未定地去听听音乐,以求解脱,然后就慢慢睡去……

黑色历来是我的至爱。曾经在我生活中最压抑、最受挫的那段时间看来，黑色是最包容的颜色、最安全的颜色。在黑色中看不到复杂，看不到喧嚣，看不到丑陋和龌龊。她浓密而又安静，也是坚定和执着的外显。

然而，阳光毕竟是我的心头好。她最多的体现在四月天的春光里。就像20世纪中叶著名女诗人林徽因所言："我说你是人间的四月天/笑响点亮了四面风/轻灵在春的光艳中交舞着变/你是四月早天里的云烟/黄昏吹着风的软/星子在无意中闪/细雨点洒在花前/那轻，那娉婷，你是，鲜妍百花的冠冕你戴着/你是天真，庄严/你是夜夜的月圆/雪化后那片鹅黄，你像/新鲜初放芽的绿，你是/柔嫩喜悦，水光浮动着你梦期待中白莲/你是一树一树的花开/是燕在梁间呢喃/你是爱，是暖/是希望，你是人间的四月天！"

确实，春天的阳光就是这么可爱！

如前所言，我又十分喜欢黑色。这并不自相矛盾，就像盐和糖一样，不必偏废其中一项。

不少人讨厌站在雨中，这或许是种逃避尘世的心态。可是他们忘记了，当这场雨过去后，往往会迎来灿烂的阳光。

现在，上海的地铁纵横交错，总长度已超过一千公里，排名世界第一。每到樱花季节，我总是会去世纪大道二号线出口，看看那边阳光之下，参差艳丽的樱花林。

遗憾的是，由于我已搬离了那块繁华的陆家嘴地区，到了浦西的新家，进入了全新的生活圈。这样，三、四月，洋洋洒洒的落花之美或许再难看到。这就导致以前和我一同静静看过那片樱花的人，都渐渐地淡出了我的视野，大家去过各自的生活，为自己的前程努力着、奔波着。但无论如何，我们都在彼此的记忆中，对这片樱花林留下了难以磨灭的印记。

然而，阳光也是会时断时续。

曾经在大媒体工作过的我，也遇到过人生的瓶颈。甚至对于我来说，可能就是最黑暗的一段时间。那时候的我进入了一个自己从来没有想到过的职业。到了那个单位后，自己的从天而降和初生牛犊不怕虎，必然受到了许多意想不到的排挤和挫折。在自己快要抑郁的时候，我去了一次云南，走一走，放松自己。到了漂亮的彩云之南，路过洱海，看到大片的向日葵的海洋。惠风吹过，硕大的葵花摇头晃脑，煞是可爱。我特地留意向日葵的朝向，除了个别肥硕的向日葵耷拉着脑袋，没有力气去追随太阳的踪迹之外，大多数的向日葵都齐刷刷地朝着太阳。

万物生长需要阳光，这个连简简单单的植物——向日葵都懂得的物理，也就是规律。我们当然都明白。但每天走在阳光里，你并没有感到她的珍贵。只是经历漫长的雨天，失去阳光过于长久，人们才会像饿狼冀盼食物一样，亟盼阳光的出现。

当然，阳光终究会出现的！迎接她时，大家心情激动，如欣赏晨曦之冲破黑夜的瞬间，天地豁然开朗、空气立即变得清新并充满温馨……

每次乘坐地铁的时候，我特别喜欢享受它从地底下冲到地面上的那一瞬间。记得有次和朋友在地铁上偶遇，当六号线开到地面上的那个瞬间，我对她说：你看，多像冲破黎明前的黑暗吧？我最喜欢这个瞬间……我们相视而笑。

任何人，无论看上去如何忧伤，但是他身上总有一块地方会照射到阳光。所有人都会希望四周一直充满阳光。

我也由衷地希望所有的好友们都会像向日葵那样，向着光，遇到任何乌云蔽日，都积极得期待阳光、追随阳光，哪怕是微弱的一丝阳光。

诚然，物理上的阳光，十分可贵，然而，我觉得从古到今，人们似乎更看重的是每个人心理上,或许更准确地说,是精神上的阳光。

那么,何谓"精神上的阳光"呢?窃以为,那就是"厚德载物"。

物理上的阳光,只要你伸出手,感受她能够从你的指间流走;闭上眼,感受她会把你的眼皮照的红透。但德气是更高层次的阳光——即精神上的阳光,她会纯净你的心灵,头脑照得清透而纯粹,让每个人由此而产生的种种行为,让整个世界净化得充满温馨和美丽!而且,她不会时断时续,她或许还能够永恒!

我说崇尚的德气有这样几项:第一是信任德——生性多疑的人不可能有真朋友;被人信任是一种幸福。有多少信任,就有多少成功的机会;疑人不交,交人不疑,疑人不用,用人不疑。

第二是理解德——人人都渴望他人的认可,理解,就是给人方便;理解一般人不能理解的事;学会换位思考,替别人着想。

第三是尊重德——就是把别人的自尊放在第一位,努力使人感到他的尊严;尤其对于弱者的尊重更可贵;也包含对于别人的欣赏,使别人拥有优越感,因为渴望被人欣赏之心人皆有之;要学会及时肯定和赞扬别人的长处。

第四是诚信德——无信不立,狡诈者必无朋友;诚信为本,重诺守信;诚信深入人心,成功接踵而至;失去诚信,就失去朋友,百事不成。

第五是善良德——她是生命中最闪光的部分,没有人不想与善者为伍为邻为友;为善者可服人;勿以善小而不为;善待每一个人,每一颗心,往往对别人雪中送炭,危难之中现真情;始终以微笑待人,因为她深知,这是人际交往的钥匙;她总是多看多听,她知道,倾听是最好的恭维;她也感谢所有折磨她的人,恕人之过,方显大家本色；以和为贵，责人不可太严，让仇恨之树开出宽恕的鲜花。

所以，我觉得精神的阳光更加可贵，更加必要，更加温暖！

死亡

中国最负盛名的书法家王羲之在他的旷世之作《兰亭集序》中说:"古人云,死生亦大矣,岂不痛哉?"对此,我确实深有体会。

那一年的10月4日,我亲眼目睹了死亡,在整个过程中,我的心灵备受煎熬。

下午刚从超市购完物回到家,就接到哥哥的电话,这时妈妈已匆匆赶了过去。没过多久,妈妈就打电话给我,让我赶快到外婆家。我知道情况不妙,问妈妈:到底发生什么事情?

妈妈说:外婆摔了一跤。

在去外婆家的路上,我做好了种种假设和最坏的打算。然而,我是多么不愿意做这么残酷的假设,因为我永远记得,外婆是最喜欢我的。

匆匆赶到了外婆家,120已经把外婆送到医院去了。于是,我又火速赶去医院。病榻上,我看着外婆紫色的嘴唇,浮肿的脸庞,往外吐着巧克力色的液体……她紧闭着眼睛,呼吸急促。

我潸然泪下,直觉告诉,我应该做好最坏的打算。

妈妈和我寸步不离地守在外婆身边,我不断地瞅着一旁的监视仪器，表情肯定有些呆滞。

医生说：你们快点通知人吧，能叫的都叫上。随后CT、化验……拿报告的是我，他们一个劲地在一旁问我情况怎么样？看着报告和片子，我无奈地哽咽道："请大家做好最坏的打算吧。"我指着片子上的脑部血块，让大家过目，"或许还会有其他毛病并发，大家都要做好准备。"

可是亲戚中几乎没有人相信我，因为我不是医生。

他们立即转而去向医生咨询。

对于这种状况，我是懂的，其实他们也不想面对严酷的现实，他们希望医生能给出一线希望。

然而，医生在查阅了所有的片子后平静地说："脑溢血，还有胃出血，你们准备后事吧，她可能熬不过今晚。"

原来，巧克力色的液体不仅是外婆下午吃的巧克力，还拌有血。

妈妈紧紧地拉着外婆的手，跟姨妈一起边抽泣、一边呼唤着。

这时候已经是傍晚五点。

过年时，亲戚也没有到得那么齐全，现在，一下子就唰唰唰地到齐了。我和妈妈始终站在外婆的旁边，因为她是我妈妈的母亲。而妈妈，又是我的母亲。外婆给予了我妈妈的生命，这样才有我的妈妈，并给予了我生命。

我一直拉着外婆的手，她的手心温润，但渐渐感觉到越来越枯萎……

到了晚上8点多，外婆的生命迹象很稳定。于是我说，看这个情况今晚应该能熬过，因为外婆体征很稳定。

小姨妈说，大家回去休息，只要留几个人就行了。妈妈说：要不，等熬过了十二点，大家再离开。十二点一过，她如果稳定了，就没事了。

大家说：好。

没有想到，话音刚落，外婆的情况就不对劲了，她鼻子里只有出气，没有进气。感觉到外婆似乎不想让我们都耗在那里！

于是，大家都哭了起来。

外婆一下午始终都没有睁开过眼睛，此时她的眼睛眯开了一条缝，慈祥地看着我和妈妈。我看到外婆的眼角渗出了一滴泪，当这滴泪下坠的时候，外婆永远地闭上了眼睛……

亲人们都在流泪，我张了张嘴，突然发现，竟发不出声音来。

旁边的哭声让我头脑发胀，我还是专注于搀扶着伤痛欲绝、摇摇欲坠的妈妈。我的泪水就这样一滴一滴在默默地流淌……那个时候，是晚上九点零四分。

妈妈和姨妈还有舅妈帮外婆把身体擦洗干净，给她穿上了寿衣，我们小辈和其他亲戚回避。等到一切都弄好了，我进去看外婆的时候，外婆的皮肤是那么白皙，睡着的脸是那么安详，只是，她没有了假牙的嘴巴是瘪瘪的……

我记得，以前只要我们在场，外婆一直戴着假牙。她最爱吃蛋糕、巧克力和酸奶。10月2号，我帮外婆买了一个她的生日蛋糕，10月3日我亲手做了自己的生日蛋糕，还帮外婆留了一块。可蛋糕还没吃，外婆就这样走了……

妈妈似乎知道我内心想说什么，她安慰我说，我们该做的都做到了，最后的生日蛋糕也是你买的，平时我们是孝敬外婆的，良心也安稳了。

我在想，有妈妈这样的言传身教，外婆会开心的。

我从小是外婆看着长大的，小时候外婆总是爱把好吃的留给我吃。我和姐姐一起玩的时候，外婆总怕我被姐姐欺负，让爸爸早点把我接回家。每次在我生病的时候，外婆都会特地赶过来看我。而我最怕的就是每次外婆念完佛经、在菩萨面前将供奉过的水叫我喝下去，灌了我满满一肚子水。

她会吃我的奶糖，把假牙齿都黏下来了，还硬说是我的奶糖里有石头；外婆会在爸爸妈妈责骂我的时候，赶来把我带走，并说：小妞妞苦恼来，你们不能这样对待她的！

外婆知道我最爱吃馄饨，会在吃馄饨的时候，特地从她碗中挑个子大的馄饨往我碗里放……

回忆，像涓涓溪流那样不可断绝，我一边写，一边在想，是不是仰着头，泪就不会流出来？

我知道，外婆在天堂，会很幸福，我会带着对外婆的这份敬爱坚强地走下去。

尽管，通往太平间的那段路好长，好长，但我还是觉得为什么生和死的距离，那么贴近。

大殓，安排在10月6日举行。当简易灵柩送进焚化炉火化的瞬间，我才发现，外婆其实是真的离开了。亲戚们都在号啕，我张了张嘴，依旧发不出声音。

看着专门焚烧处，外婆的床和衣服就这样在火中燃烧了。以前，我一直害怕火，现在，我发现火竟然如此有温度，裹挟着生命的火花，飞向高空，飞向天堂……

我对老公说，我发现自己现在反而哭不出来了，其实人到了高龄离开，对于老人来说或许就是一种解脱。活着的时候，幸福就行了。

外婆很幸福，她九十高寿，平时身体健康，没有什么病，又是四世同堂，走的时候不是很痛苦，更有何求？

这是我第一次亲眼目睹了死亡，感慨在我身边的生命就这样离去了……其实我到现在都没觉得外婆走了,眼前仅仅是那张睡着的安详的脸。相信外婆安安静静地在某个角落慈祥地看着我们。

那个地方对于外婆来说,只有快乐和祥和……

BLACK（黑色）

曾经与黑色联系起来的，我认为就是Rock and Roll摇滚。我不知道，自己的这种认知是否偏执？

有人曾经请教泰戈尔三个问题——

第一世界上什么最容易？

第二世界上什么最难？

第三世界上什么最伟大？

泰戈尔回答：

指责别人最容易。

认识自己最难。

爱最伟大。

这些回答确实睿智和有道理。

记得学生时代，我可能是被学习束缚着，那时候作为有些叛逆心理的青春期小姑娘，从小被妈妈灌输过，只能听当时很枯燥的交响乐。而我自己学习的是声乐，唱的是美声，在老师们看来，我等于是文艺会演的现成节目！那时老师叫我代表学校去参加唱歌比赛，合唱的时候都担任领唱，有时候是个人表演。因为唱的是美声，每次我唱歌的时候总会脑补着法国路易时代的人们戴着高高的白色假发，站在风琴旁，束腰的蓬蓬裙碰撞着，手摇着蕾丝的扇子进行着舞会……都说青春期是同伴影响，除了学校每次都指定我表演节目外，我就不太在学校里唱歌，因为在同学看来美声唱法是很搞笑的，有些背时。有调皮的男生，会学我的样子嚷嚷，故意做出像鬼叫的效果，让人觉得唱美声是一种奇怪的声音……那时候偶然接触了J-POP和K-POP，他们杀马特洗剪吹造型，吸引了我，那种桀骜不驯，触发了灵魂的震撼。显然与交响乐有着天差地别的音乐，像一股活泼的溪流蹦蹦跳跳、哐当哐当地来到了我的内心世界。

当时，正好是日本的动漫片风靡中国。当然也因为很多的历史问题，便有人anti，社会上出现了很多反对的声音。但是，平心而论，我对此的第一接触，还是印象深刻。那时候的灌篮高手撬开了一扇动漫的门，然后接触了CLAMP等一系列的漫画家和动漫……其实，我特别爱听来自X-JAPAN的一首FOREVER LOVE，那是一部动漫的主题曲。但静下心来，聆听主唱的声音中透露着的那份声嘶力竭里充满的无奈、抗争与空灵，还是被震撼、感动了……说实话，那段时间，非常佩服日本的动漫产业链，其中不乏好剧本不说，就连音乐制作，都是十分用心的当红大制作！

X-JAPAN是日本的一个摇滚乐团，他们不是所有的作品都是震耳欲聋的重金属。不知道为什么，处于叛逆期的我，特别喜欢听着苍凉的安静的东西？也许，为的只是我听到了来自另一个音乐世界里的音乐。就像一直吃着甜腻腻的斯特劳斯家族给的蛋糕后，突然来了一杯清咖啡，棕黑色的液体带来了不一样的苦涩和清爽。所以那段时候我不想听交响乐，拿着卡带和录音机大声放着妈妈所头痛的音乐。

妈妈恨铁不成钢，想要扔掉我那些卡带。而我还是戴着耳机摇头晃脑地听着。当然,最后妈妈败给了我骨子里透出的那份执着。

或许就是这份执着让我变得任性与坚持。

那杯棕黑色的咖啡是坚持执着的。

我喜欢唱歌,学的是声乐,可是有一段时间,喜欢唱POP。但是有一个很搞笑的现状,很多身边学声乐的人,总是对POP不齿,觉得最不要唱的就是通俗唱法。我妈妈甚至听到我唱通俗唱法,就用"鬼哭狼嚎、大本嗓哇啦哇啦"来形容。

虽然我最后没有走唱歌这条文艺之路,但是我还是喜欢唱歌,不管是声乐还是通俗。

记得考上大学之后,在奉贤的偏僻农场军训。夜幕中,我站在河边对着空旷的田野歌唱。不管我怎么哇啦哇啦放喉歌唱,都不会有人听到,不会有人指责我。我享受着月光,看着星星,用心地去歌唱。等我唱完,5只绵羊站在我的身后,用它们黑色而又闪亮的双眼打量着我。这一刻我感受到了生命的和谐,我甚至相信它们能够听得懂我的歌声,无论是什么语言、来自人还是动物,只要是来自心灵的声音,应该都能够理解与沟通。我就索性释放自己,不停地唱,在黑夜中歌唱,对着羊群歌唱。曾经有一度,我觉得那是我的生命,我的全部……到最后,我把通俗唱法唱到了军训晚会上。那时候流行CD播放机,我居然还很神奇地拥有伴奏带,更神奇地还找到了伴舞的同学!我拿着话筒跑到这头、跑到那头,俨然像个歌星。我HIGH得简直像开演唱会……

只因为我爱唱而唱。在黑色的夜幕中释放自我。确实,这是从骨子中蔓延出来的自信和自恋。

大学时候,我所喜欢的偶像出新单曲了。悦打电话给我,兴致勃勃地在手机里放给我听,放完后没有来得及关掉,我就说,我来猜猜下面是什么歌,他说你不用猜,因为连我也不知道下面一首是什么歌,我听歌喜欢随机播放。我问:为什么?他说:因为你永远不会知道下一首等待你的是什么歌……按顺序听,会听厌的。

我一向是个循规蹈矩的人,我喜欢东西有一定的顺序,有条有理。我也希望我的东西,有着一定的规律,甚至我不喜欢改变,喜欢守旧,或许一成不变给予的是安全感。

我认为随机播放对于我来说是不会接受的一种播放方式,但我还是试着接受这种方式。可到最后,我还是退出了随机播放,因为在等待下面一首熟悉而又陌生的歌,就如同不知道接下去会发生什么而变得没有安全感和彷徨。

在黑夜里,听着听着不知不觉睡着了。

以前的老同学来了,她家就住在我家前面那栋楼,他们准备搬家了。离别在即,十几年相处下来,真要远离,总会有些伤感。她坦陈,小时候她是讨厌我的,因为她告诉我,她的母亲觉得女儿的字写得不好看,就拿着我写的字要她照着练,甚至把她打出了鼻血……她是个成绩优秀的人,所以她不能容忍别人超越她。可是那时的我,哪里了解这些,还单纯地把她当作我的好友。不管以后她拿着我的稿子在报纸上刊登出来也好,还是报学习班用虚伪的言语敷衍我不报了也好,都已成为过去的事情了。

她说:你教会我的是宽容。

而现今,就算不宽容,在离别的时候也是会一笔勾销的。何况我早就不放在心上了,没有必要沉浸拘泥于过去。

黑色是离别的颜色,是沉重的,也是包容的。

不知不觉中,人是会变的。在女儿的陪伴下,选择颜色会慢慢地偏向她喜欢的颜色靠拢——粉红、粉紫、粉蓝等各种浅浅的粉粉嫩嫩的颜色。我也渐渐地偏向那些适合孩子的颜色。

一次，女儿画画玩颜色的时候，发现了两种颜色加在一起的时候，颜色会发生变化。她问我：妈妈，当所有的颜色加在一起的时候是什么颜色呢？我说：你可以试试啊。女儿真的将所有颜料搅拌在了一起，最后看到的是黑色。

我猛地感悟到，原来，黑色是最大度的颜色！它包容了所有的颜色……

颜色没有好坏、善恶之分，任何涂抹在画布上的色彩缺一不可。不同的时候，同一种颜色会赋予了不同的含义，可以有着不同的理解。就像沉沉的黑夜过去之后，迎来的必然是明亮的曙光。而灼热的太阳照耀之下的黑色的树荫，为我们带来了清凉……

最近，女儿和我开玩笑，问我有没有五彩斑斓的黑，我说有，这个世界上的黑色就有好几种：墨黑、煤黑、蓝黑……

是的，黑，也是有很多种类的。我说，五彩斑斓的黑或许是一句病句，但是黑真的有好几种。

女儿点点头说：是的，我就是水瓶座腹黑的黑洞。

我的诠释似乎让女儿的思维插上了翅膀……

小时候

都说一代人和一代人不同，80后、90后、00后、10后，都有自己的标签。

我们小时候，大人们就说80后的独生子女们是小皇帝、小公主的一代，因为国家实行了独生子女的政策，全家围着自己团团转。所以，80后就是父母、长辈将我们捧在手里怕压坏，含在嘴里怕化了。于是，"小太阳"们也渐渐以"自我为中心"，头脑有点膨胀……

其实，幼时的我们还是很开心的。正好遇到了国家的改革开放，经济腾飞，家里有了冰箱、彩电……跟着整个国家的节奏，小如家庭，大至社会，方方面面都在发生着变化。

小时候放学，作业已经在学校里快马加鞭做完了。每天下课铃一响，就急急忙忙离开学校，奔回家去观看电视。

我家比较早就拥有一台小小的电视机，而有些小伙伴家里还没有这个玩意儿。于是，就拿着板凳挤进我家的院子里排排坐，来看电视。依稀记得，那时候电视台播放的动画片是《聪明的一休》和《圣斗士星矢》。为了看个《蓝精灵》，我急吼吼地跑回家还摔了一跤，下巴开裂流血，去医院缝了几针……至于《小蝌蚪找妈妈》《天书奇谈》，那些上海美影厂出品的经典老动画片，也是能看到的。所以，电视机成了我们最受喜欢的宝贝。

那时候过年，也是全家人开着电视机，一起吃年夜饭，一起观赏着央视一套的春晚，这是我们小时候了解外面世界和各种时尚的一个重要窗口。以至于每到周二下午电视台休息，停播电视节目的时候，心里总觉得生活中缺了些啥，空落落的，徒增了许多无聊和烦恼。在我们的童年中，电视机就是童叟无欺的超级心肝宝贝。不管外面玩得多开心，只要想看的电视节目的播出时间快到了，我就会毫不犹豫扭头赶回家去。

家里还有一个宝贝就是冰箱。那时候，冰箱并不是所有人家都拥有。听妈妈说，通了很多关系才搞到了一台日立牌冰箱。虽然湖绿的颜色和我们家里的环境不是很搭，但是这个宝贝是我们全家不能缺少的宝物。一到夏天，我总会傻傻地开着冰箱门，恨不得把自己塞进去。我还问妈妈，为什么不发明一个房子那么大的冰箱，把大家都塞进去纳凉……

我后来就常常开着冰箱门，想让冰箱里散出来的冷气给房间降温，结果可想而知。当小伙伴们眼巴巴等来骑着载重自行车卖冰棍的叔叔，从一层又一层裹着棉被的盒子里拿出橘子棒冰的时候，我已经打开冰箱的冷冻室，吃着大绿豆雪糕，好不神气。

那时候弄堂里的小朋友经常蹿来蹿去，喜欢玩挖泥巴、打弹珠、拍香烟牌子、铁皮青蛙、滚铁环等游戏，这些该玩的都会开开心心地玩个遍。好朋友们玩的玩具，没有什么进口不进口的，只要路边看得到的，想玩的，大家就会玩起来。对比现在，连过家家的食材都用小石头来当作替代物，哪怕是树上飘下来的叶子，也能用作"食材"。

家里的猫猫和隔壁小伙伴家的狗狗蹿来蹿去，尽管打打闹闹，却也都是好朋友。弄堂里的百家饭永远那么香，昨天的葱烤大排油豆腐粉丝汤，今天的小葱炒蛋、开洋火腿扁尖冬瓜汤……不管谁家烧了啥，只要我们探着脑袋走近，就能闻得到各种菜的气味。有时候小脑袋冒得稍微高一些，被邻居大人看到了，送一碗给你品尝也是常有的事情。

我是家里的老幺，上面全是哥哥姐姐，用现在的话来说，我就是"团宠"。但自从成家，有了女儿，我的家庭地位急剧下降。对比现在孩子的童年和我们那时候的童年，差距巨大。现在物质丰富了，可是孩子们乐趣似乎没有了，亲戚之间的走动也少了。我们小时候那些傻傻的事情也都没有了，唉，我在想：什么时候能够回到我们的童年？——享受一下无忧无虑、没有作业捆绑的快乐，抛开电子产品的体验和游戏的快乐刺激，那才是真正的"小时候"。

玉兰的衍想

这个春天，樱花伴着清风，流云卷过时光，人们走出了疫情三载的阴霾，笑看街头的繁华，也在忽而抬眸的凝望中，静待岸上的春花。走过那喧嚣的街巷，沿着春天的足迹，去寻觅路上的风景。你看，三月的时光，绿柳还未曾展芽，春梅却已经绽放；翠竹还未曾摇曳，浅草却已在复苏……

时光暖暖，在斜阳静谧的角落里蔓延；花开灿灿，于春梅绽放的枝头缱绻。悠悠一枝花，浅浅几分春。这世间有很多的风景，有些如风远去，有些若影而随。但愿，今春花开时笑依旧，惠风吹过满园红，若有路上再相逢，浅作人间半分醉……

终于下班了，脱离了工作的喧嚣，我开车回家的时候，发现路边的玉兰花似乎就在瞬间悄然开放。其实上班的时候也走过这条路，可能是早上急匆匆赶路的关系，没有好好留意。下班了，心情放松了，就有闲暇注意路边的状况了。

可能是市花的原因，上海的街头这些年种了很多株玉兰。感觉冬天还未完全落幕，其他花儿还没来得及开放，甚至连叶子都没有长出来，玉兰就已经竞相盛开了，挂满枝丫。远处看，满树的白色玉兰洁白如雪，紫色的玉兰深深浅浅热闹非凡，感觉春天就这样被玉兰等花卉撺掇着大大咧咧地登了场。

在我看来，梅花、桃花都是小家碧玉，对于春天的登场只能用暗示的方式，而玉兰花，用它的满树繁花、轰轰烈烈地盛开告诉人们：春天，该由您来主掌世间的沉浮！

其实，我很好奇，为什么上海市的市花是白玉兰，到家就把这个疑问和女儿说了一下，一起饶有兴趣地探究，为啥选择白玉兰来作为申城的标志？

孰料，找着找着，居然发现上海以往的市花是棉花！

"松郡之布，衣被天下。"原来在宋末元初时，黄道婆从海南岛回到上海，把她在黎族同胞那里学到的纺织技术，改进后带回家乡上海。恰巧，也在差不多时候，棉花种植技术传入浦江两岸。黄道婆对于促进长江流域棉纺织业和棉花种植业的迅速发展，无疑起到了重要的作用。后人将她誉为让华夏"衣被天下"的"女纺织技术家"。

"黄婆婆，黄婆婆，教我纱，教我布，二只筒子二匹布。"

这首已经快失传的歌谣，似乎又在我的耳边响起。

上海，曾经是中国棉花盛产大区，上个世纪全国的很多主力棉纺厂也都开办在上海。

小添不禁感叹："原来上海还有着这样一段历史啊！其实棉花也很好看，可惜了可惜了，为什么要把棉花换成白玉兰呢？哦！是不是因为新疆棉的关系啊？是不是因为现在新疆的棉花更好！"

"你看，在上海现在还有棉纺厂吗？"我问。

"好像没有了唉。"

"是啊，城市在发展，产业也在迭代更新啊。我们国家又在实行西部大开发战略，所以，对于上海有些不合适的工业部门就会被转移出去支援边远地区,这就是全国一盘棋。"

"可是我觉得还是有点可惜。"女儿嘟囔。

"新疆的棉花又好又出名,我们这里产的棉花远不如新疆。在不适合的地方做不适合的事情,结果会怎么样?"我问道。

"那可能会比较失败。"

的确,有时候不要惋惜失去的,其实珍惜现在,展望未来,也很重要。或许,在上海被淘汰的工业部门,转移到边远地区,可能会成为当地经济腾飞的主力,这也顺应了时代发展的要求。

"那么为什么要选择白玉兰呢?"

"我也不知道,看资料显示,这是大部分市民投票选出来的。"

"妈妈,那时候你去投票了吗?你投了白玉兰了吗?"

"哈哈,那时候妈妈刚出生,啥都不知道呢。"我实话实说。

就因为市花为什么是白玉兰,我俩讨论了很久,看了百科,得知因为白玉兰是冬去春来早开放的那一批花儿,象征着勃勃生机、开路先锋、奋发向上的精神。而上海敢为人先的城市精神,恰恰与白玉兰的特质十分契合和相像。

小添觉得:上海人喜欢白色,喜欢清清爽爽。棉花是白的,白玉兰也是白的,清清爽爽,这就是相通之处。所不同的是,玉兰它不喝咖啡!

我笑了,女儿她抓住了上海人的精髓。其实一朵一朵玉兰在树上竞相开放,有花无叶,每朵花都保持着恰当的距离,不像其他花儿,喜欢扎堆、挤在一起开放。而这种品质,像极了上海人喜欢互相保持着不远不近的舒适距离,不必过分亲热得让你不知所措,也不必过分疏远,让你备感冷落。是的,精致的上海人就像一朵清清爽爽、苏世独立的白玉兰,以自己的姿态,优雅地生活着,欢迎着鸟儿、蝶儿、蜂儿来做客。

"妈妈，那么你为什么让我出去跟别人说话的时候，说普通话？"小添问，"在家里要求我说上海话，出去说普通话，真麻烦啊！"

"我们是上海人，说上海话天经地义的啊！就像广东人讲粤语，甚至连歌都要唱粤语歌……"

"对的，对的，"小添迫不及待地打断我，"就是那首'黑凤梨'（喜欢你）我听过，很好听。可惜没有上海话版本的'欢喜侬'（喜欢你）。"

"其实四川人喜欢说四川话，西藏的同胞们说藏语，内蒙古人喜欢说蒙语、长白山那边说朝鲜语一样，上海话沪语，就是我们的方言。所以我们要把上海话说下去，传承我们的沪语。这就是为什么在家里我们要说上海话。"

"那么为什么出去要说普通话呢？"

"其实上海和深圳一样，是飞速发展的城市，上海还有一层含义是'海纳百川'。在上海，会有来自全国各地的同胞，在这里寻找着自己的位置，为这个城市建设贡献自己的力量。"

"对的，我的好闺密芊芊的爸爸就是内蒙古阿拉善盟的，弯弯的爸爸是石家庄的，妈妈好像是来自安徽的……她们都好开心，寒暑假能回老家玩，还能选择回爸爸的老家或者妈妈的老家，我为什么没有老家？一点也不开心。"

"小傻瓜，你的老家就是上海啊，不能回老家是因为你很幸运，不用背井离乡在一个陌生的地方生活、打拼，你只要在家就行了。所以，上海有着许多从全国各地来打拼生活的人，你说上海话，他们有些听不懂，有些人就会对上海人产生排外的误解。你在外说普通话，便于交流，还潜意识中让他们觉得上海其实并不排斥他们。当然有些偏见是很难改变的，我们做好自己就可以啦。"

"好的。以前在幼儿园班级里，只有我一个上海孩子，只有我说上海话，没有一个人和我玩，估计小朋友们全都听不懂我在说什么，连老师都听不懂，那时候我觉得好伤心啊……后来我学会说普通话了，大家听懂了，就来跟我玩了。"

"是的，但是上海话依旧是我们的上海人要传承下去的，方言是不能忘记的。"

"对的对的，在深圳，那些叔叔阿姨也会和我们说很好玩的普通话的啦！小孩几，大银……我是小孩几，你系不让我上学的大银哪！哈哈哈，其实大家都会用语言切换的模式欢迎'搭嘎'（大家）的。"

是的，上海欢迎着来自五湖四海的同胞，无论来自哪里，都共饮一江黄浦江水，大家此刻都在春日暖阳的照耀下，欣赏着朵朵盛开的白玉兰，在这片土地上发挥着自己的作用。

小添快步往前走，蹦蹦跳跳仰头赏花去了。我在后面慢慢走时不时提醒她看好脚下。感叹时间多快啊，一个小屁孩，现在已经亭亭玉立，长成大姑娘了，有如玉兰之亭亭落枝头。

你是你，我是我

看到一段来自佛利茨·皮尔斯的Gestalt Prayer（格式塔祷告）——

我做我的事，

你做你的事，

我来这个世界，

不是为了迎合你的期待，

你来这个世界，

也不是为了满足我的需要。

你是你，

我是我，

你我若能相互看见，

彼此理解，

那很好。

倘若不能，

也是可以的。

此时的我正在焦头烂额中，工作上的，生活上的。下周老公出差，公公早就安排了出去旅游。孩子面临一周没有人送，我出门早，只能七点把孩子送到学校。婆婆前段时间心脏动了个手术后，现在又忙于照顾她的父亲，老人癌症晚期，最近身体非常不好。加之临近清明，她只能寸步不离地守着。我母亲右手拿掉九个钢钉和钢板，也正在休养。她左手肩膀撕裂积水，连扫帚簸箕都拿不来，现在又查出脑缺血和脑萎缩……

我一下班，就赶到学校去接女儿，尽量减少公婆奔波去接孩子。好在一周有公婆送菜两次，还能解决一下到家后热一下菜，就能解决晚饭问题。

由于在单位里一直不加班的工作态度被置疑，加上总有些许理念不合，家里和单位的事情都搅和在了一起，心情不免有些烦躁。

第一眼看到这段话，我就读了一下。于是看了第二眼，我代入了具体的人，第三眼，我又代入了下一件事情……可能由于最近不断在输出，没有时间看书沉淀、输入。从而自己的心理能量弱了，才会觉得心绪不定与焦虑。我静静读了好几遍，感觉能做的就是让自己和周围的事情和解。换位思考一下，多想想一些美好的事情，真正度过了下一周，就会好起来了。

最近，让我感受到元气满满的就是，上一周到大学校园里去给学生们上课。走在校园里，感觉到吹过的风都是洋溢着青春气息，还暖洋洋的。恰逢三八妇女节，学生们做了一束手工花卉送给了我。小礼物着实让我觉得感动。在大会堂的讲台上，阐述着我觉得很平常，但是学生们觉得满满干货的专业知识。

本来我以为，现在的大学生整个系上大课，很多人坐在下面，不是低头看手机，就是低头打瞌睡。然而，出乎我的意料，我见到的是一张张仰着认真倾听的脸！

我觉得要好好珍惜他们的认真和虔诚！我愿意把多年实践积累

起来的经验，输送给他们。他们青春美妙、踔厉奋发，如饥似渴地吸收知识，令人欣慰和感佩！

下午，我还要为参加国赛的学生们一起准备比赛事宜，大家嘻嘻哈哈笑作一团。在如此轻松的氛围里，必然会迸发出很多思想的火花。

或许，偶尔换了一个环境，输出我的专业知识，是一件非常美妙的事情。

我做了我的事，他们做了他们的事，在一个频率上，很契合，就很舒适。

"三五"和"三八"离得很近。三五学雷锋那天，我响应区政府和女儿学校的号召，参加了学雷锋，专门就家庭教育这个领域，针对有需求的路人，进行答疑解惑。碰巧和我一起坐着的是一位有一定咖位的专家，看到领导们对她点头哈腰，我也对着专家如小鸡啄米似的频频点头……

初春的天气还是有些冷的，但活动现场却热热闹闹。我们期待着回答来自现代的家庭的各种各样的咨询。

没过多久，就来了一位家长，说自己的孩子在幼儿园读大班，她对幼小衔接很焦虑，询问孩子究竟要读些什么？

我先等了一等，看到专家双手抱着拳在沉吟，并没有解惑答疑的意思。不忍心看着那位家长难堪，我准备先缓解一下她的焦虑，就和她介绍了一下我作为过来人，在自己女儿入学前所做的一些准备。

很明显，那位家长在交流中，心绪已经趋于平静。刚来时那种语速飞快，不断眨眼，说话时人往前倾的焦虑状态已经有所缓解。我就建议她：去问一下即将进入对口的小学的邻居，问一下他们的经验，因为每一所学校是不同的。在给出建议后，我还趁热打铁，把现阶段孩子在幼升小可能会出现的自我管理能力、自我服务意识、责任意识、专注力、倾听能力甚至吃饭好不好、挑不挑食等现象都分析了个遍。得知她的孩子吃饭不好，特别挑食，我给出了建议。同时对幼小衔接的孩子心理建设和学习习惯、学习内驱力的培养，也做了相对比较全面的指导。

当这位家长意满离（满意离开）了以后，岂料那位专家突然对我说："你很会忽悠人的哦！"

我顿时满脑袋问号，一下子没摸准这是怎么样的一种话术？我觉得这位和蔼可亲的老太太是和我拉近距离，跟我开开玩笑说说的。我就笑着说："哎呀，专家面前我是献丑了，让您见笑了。在您面前，我刚刚那些介绍，的确是小儿科！哈哈。"

我还特地用了"哈哈"，来缓解一下我自己也不知道怎么缓解的尴尬。

"按照你说的一张白纸去上学，可能哦啦？你说说孩子不学拼音，不做加减法就去上学，可能哦啦？！"她不依不饶。

"是是是，您说的的确是。所以我委婉地让她去问问邻居们，她很焦虑，她把时间花在了'幼升小怎么办'上，而不是'怎么做'上。所以，我给她稍加提示一个解决问题的途径，还解决一下孩子现有问题，说不定到业主群问一问学生家长就有方向了。'双减政策'实行到现在，对这样的咨询我也只能从缓解情绪入手，其实对于家长来说，幼升小考虑较多的是学科知识怎么衔接，很少考虑到孩子心理、能力、习惯、内驱力，等等，因而，我就稍稍和她聊了一下……"

"所以啊，我说你真会吹，很会忽悠人的嘛？！……"

接下去是一个关于孩子厌学的咨询。

吃一堑，长一智。刚才抢您前头，是我唐突了。于是，这会儿我又开始小鸡啄米般地点头哈腰，主动向家长介绍专家，接下去就静静地看着她如何回应？

只见专家追着家长问：老师叫什么名字？你是什么学校的，你把班级姓名给我，你干吗不直接找校长谈？……

家长警惕地说：啊，我不记得了，应该跟老师没关系吧？别把问题上升到校长层面了，我家孩子才三年级，老师还要教下去的……

此时的我一头雾水，因为只知道专家姓啥，不知道她的全名，总觉得她是位非常有着年代特点和个性的专家。

下了咨询台后，我还特地找资料想看看她是何方神圣？感觉她有着"全局在握，舍我其谁"的气势。今天看了利茨·皮尔斯的那段话，我瞬间领悟了最后那几句，就算不能彼此看见，你看不见我，我看不见你，也没事儿，下次不一定遇见呀！

我做了我的事，她做了她的事，虽然互相不在同一个频率上，但我们一起完成了一件事，做完了这个咨询就好啦。

其实，接下去社会上还会遇到许多形形色色的人，会跟各式各样的人打交道。或许会有一些冲突，也没关系的。能互相看见，那就最好了！如果不能，也没关系，我做我的，不留遗憾。

小狗 Nuni（努尼）

女儿天生喜欢小动物，天天对着流浪猫流浪狗用爱发电，"喵喵喵、汪汪汪……"就差直接抱回家了。

我跟她说：妈妈以前也有一只狗，但是它离开后，我再也不敢养了，因为接受不了它离开的事实。

它叫努尼。如果今天它还活着，应该是一只三十五岁的狗前辈了……

依稀记得，在我两岁那年，它才进入了我的稚童世界。在此之前，我几乎没有什么记忆。那些关于努尼的零星片段，也只是我因为欣喜而留下的深刻记忆。剩下的比较详细的回忆，都发生在以后我们共同度过的七年快乐岁月中……

外婆告诉我女儿小添，努尼的名字是你妈妈自己取的。

这是事实。我努力回想当时给狗狗取这个名字的含义时，脑子里面却是一片空白……记忆只留给我的这只长着棕白花斑，爱摇尾巴，整天围着我转的小狗的轮廓。我无数次的梦中，它脖颈下挂着我给它系的铜铃，摇着尾巴向我走来。却又在我快触及到它时，消失得无影无踪……

一切都从那只会自己开门的狗开始……

努尼会开门。它最喜欢开的是我家的那扇纱门。它总是优雅地直立起身子，爪爪往纱门的纱缝轻轻一搭，两只后腿往后小碎步倒退，等门缝张开能通过它的身子，它会迅速地从半开的纱门里蹿进房间。当它的尾巴通过纱门，门正好"咚"地关上。我曾经担心纱门会夹到它的尾巴，可它从来没有，努尼每次都乐此不疲地玩着它的"惊险游戏"。它就是这么聪明伶俐！

于是，便有了一个我最遗憾的梦想。

我清楚地记得，自己那时总是羡慕所有的英雄都有一匹马，在马背上大喝一声："驾！"立即驰骋奔腾，所向披靡。似乎这一声扬鞭"驾"承载着我儿时的英雄梦想与美好愿景。

那时，我也希望能骑马，尽管不要求像电视里的英雄那样策马扬鞭、与风共舞，只想尝尝那种骑在马背上的感觉。于是，我就把主意打在了努尼的身上……

其实努尼很喜欢我跟它亲近的。它喜欢趴在地上让我摸摸它、逗它玩。但是每次它一旦发现我有坐在它身上的意图时，它总会飞速地起身从我的腿下溜走。而我不到黄河心不死地在它身后追赶，企图抓住它，它就撒开四腿没命地到处突围……有时，我运气好，刚沾沾自喜地坐上它的背，它总是狡猾地蹲下后腿，把我滑到地上，然后继续它的"逃亡生涯"。

努尼在外面逛了几圈，知道我在焦急地找它，或认为它可能离家出走时，便乖乖地夹着尾巴回来了。看到我又高兴地抚摸它，它便又摇着自己那根像雨刷一样的尾巴，很有节奏地摇摆……在我身后屁颠屁颠地到东到西晃悠了。也因此，我一直没有完成自己像英雄那样策马扬鞭的梦想。

我觉得，努尼是狗中之另类。

总认为狗是爱管闲事的，但努尼很懂得明哲保身。除了看到家里来了熟人的时候，它有那么点人来疯外，它总是那种事不关己高高挂起的样子，漫不经心、慵懒地躺在茶几底下，不时瞄几眼现场。它不会像别的狗狗那样，只要看到陌生人就乱叫，它只会在门铃响的时候吼几声，看到我们去开门，就安静地看着门打开。它也不会像别的狗那样跟陌生人亲热，它只会对进门后，跟我们打招呼、认识的人，敷衍地摇一摇它的尾巴，随后又趴在门边眯着眼睛晒太阳。但是对自己家里的人就不同了，它总喜欢把前两个爪爪往你身上搭，努力地、快频率地摇动着它犹如雨刷的尾巴。雨天它喜欢"画梅花"，在雨水里逛一圈，你会发现泥里，家门口，地板上，到处是它爪爪的梅花。它会心血来潮地在你裤子上印几个，或者它看到你手中拿着它喜欢的吃食时，站立起身子，往你身上搭几朵"梅花"其他的时间，它都很乖，从来不在床上画它的梅花，这令我很开心，觉得努尼真乖。

接下来，我要说说努尼的百家饭"门槛"。

20世纪80年代的孩子，许多依旧是吃百家饭长大的。虽然我不是，但努尼居然是吃百家饭的仿效者。努尼总是喜欢在吃晚饭的时候出去溜达。那时的市民大多住在没有空调的老旧房子里，夏天的傍晚，邻居们往往喜欢开着门用餐，或者干脆在自家小院里摆张小桌吃饭。努尼总不失时机地钻在邻家的饭桌下。邻居也都喜欢它，向它投掷食品。因此，每天努尼都能换口味，乐此而不疲。

努尼往往在邻居家的门口站一会儿，然后选择出门直走，还是左右拐弯？走着走着，它会在一家邻居的门口停下，估计这家饭菜香味闻起来最合自己的口味。于是，努尼悄悄地、乖巧地在这家邻居的椅子旁蹲着，安安静静地等到人家收拾碗筷了，它才来到饭桌底下。最后，挺着圆圆的、胀鼓鼓的肚子拖着剩下的几根骨头回到自己的窝里。你们看,努尼的"门槛"是否有点精?

下面说说努尼的"状书"。

一次母亲带我出门欢度"六一"。那时的努尼也只有三四岁。或许它不开心,因为儿童节导致它独自玩耍。那天下雨,努尼踩了雨水回到家里在地板上"画起了"梅花。父亲拿着扫把,不喜欢努尼的"画作",就给了它的腿一"扫把"。努尼就老老实实地趴在茶几底下,不理我父亲,也不理它的肉骨头玩具。任我父亲哄它、逗它,它都静躲在茶几底下生气……等我们回到家,它蜷缩着一条腿,另外三条腿走路,一瘸一拐地挪到母亲面前,显然准备告状。父亲连忙告诉了我母亲,担心是不是那一"扫把"打坏了它的腿。母亲揉揉它蜷缩着的腿说:哦,原来是被打了啊,我等下找他算账,话音刚落,努尼觉得自己有人"撑腰",便放下了那条腿,"结束表演",飞快地来到院子里,继续"画"它的梅花。

原来狗也有自己的小算盘,还能够打得啪啪地响……

再聊聊狗狗的和平。

妈妈从路边捡来一只受伤的、残废的、正被调皮的男孩们玩耍的小鸭子!随后,她怕这只小鸭孤单,又买来一群小鸭来陪伴。努尼并没有排斥小鸭,孤芳自赏,而是友善地每天与小鸭玩耍。看着那群小鸭从黄毛长到黑毛,黑黑的毛上泛着绿绿的光,甚至还"屈尊",伙同那群"嘎嘎"叫着的鸭子一起在弄堂里散步,还一起有节奏地唱着它们的歌——"汪汪""嘎嘎嘎嘎","汪汪""嘎嘎嘎嘎"……

我脑海里突然创造了一个新名词:"牧鸭犬。"

可是我一直纳闷:既然努尼能与鸭仔"和平共处",那为什么总是不能好好对待到我家院子里来觅食的麻雀呢?……我们又没有交给它保卫领土的任务?

最后说说，至今为止最伤痛的离别。

小时候就知道，快乐的时光总是过得很快。比如：玩耍了一会儿，就天黑吃晚饭了，过年只放了几次鞭炮，就手上粘着糯米粉过元宵节了……努尼的离开，也是时光的流逝与最开心的童年的结束。

用现在的话来说，努尼是无证狗。而且，有关方面为了打造陆家嘴商圈，致使我们面临搬家撤离，也一直有联防队的大叔们在抓狗，清场。

那是秋冬季节，或许有人想找狗狗来打打牙祭、滋补滋补，仅一墙之隔舅舅家的狗被抓了去。努尼大概知道了它即将面临的命运，每一次联防队冲到我家来抓狗，它总是小心潜伏在茶几或床底下，等到"入侵者"走了，才放心地钻了出来。

这群大叔白天来抓了好几次都抓不到努尼。过了几天，他们"改变战术"，故意深更半夜气势汹汹地来砸门，努尼以为来了坏人，作为忠心耿耿看家护院的"卫士"，冲在第一线龇牙咧嘴地对着门外未知的危险，汪汪汪大叫，谁知就这样"暴露了身份"，活生生地被抓走了！

记得那时候的我一边哭一边喊，在破旧的卡车后面追了大半条马路，最后被爸爸妈妈抱回家，然后撕心裂肺哭了一个多星期！

在以后的日子里，我只要想起此事就抽抽搭搭，悲恸不已。爸爸看不下去了，出于同情、怜悯，帮我养过好几只小狗。可是，在我眼里，它们都不是努尼，得不到我的认可和喜欢，我赌气地全都不要。一直到现在，我还在想努尼，我只要努尼！

即便到现在，只要在马路上瞅见有点像努尼的狗狗，我都会对边上的亲友说，你看，这只狗狗多像我们的努尼……

物理上的死去，是生命的终结，而哲学意义上的死去，是最后一个记得的人的遗忘。所幸，我的努尼没有走开，因为它没有被遗忘。

失去——得到

早上，约拿一早打电话给我，我没听到。

然后，就进入通信"陷阱"，你打我打不通，我打你你不接，好几个来回均如此……虽然不知道问题到底出在哪里，但是感觉到他很急。

后来约拿在领导的眼皮底下发信息和截图给我后，迷迷糊糊的我才知道，原来自己一直用的QQ不仅被盗，还被冒用了。我得到消息后的第一反应竟然不是快点把QQ找回来，而是惊讶我的QQ居然会被偷？没游戏账号、没充过值、什么会员都不是，只有几十个联系的朋友而已。

朋友说，最主要是你太长时间没有上QQ了……是啊，自从女儿出生后，心思全花在女儿身上，再加上有了微信，我的确太久没上QQ了。

上班没办法弄QQ，只能留言给老公，帮我修改密码找回账号。下班后抽空登上QQ去看了看，打开的瞬间看到一片空白，立马觉得有些蒙——原来的好友全部没有了！看着一个用了二十年的聊天工具，突然清空为零……狠狠地失落了一下。非常无奈，暂时什么都做不了，就先回家吧。

回家的路上经过一条隧道，明晃晃的灯照得隧道如白昼。当我开着车，看着身边的车子唰唰唰地从我身边倒退过去时，我感受到了奔跑，感受到了前进的力量。突然茅塞顿开，这次软件被盗、好友被清空，未尝不是一次朋友的大洗牌？如果跟我要好的，早就互相加了微信，并且一直在联系。就像约拿，一看到我的账号被盗，马上就联系我。

想要联系我的，总能联系到我，因为我的手机号码从未换过。不想再联系我的，就算还在QQ里，都会长久地不吭一声……

所以，这次QQ里即便失去了所有联系过的好友，问题也不大。该回来的，还是会再联系上的。

其实，自从女儿出生后，我的生活形态变了，慢慢地也就淡化了很多东西。朋友是在身边的，永远在身边，无论用什么联系方式，无所谓有没有QQ。

QQ上，曾经留下了好多回忆。但是，也仅仅是回忆，大家各自都在沿着自己的轨迹，不断地往前奔跑，不曾停下脚步。

与曾经说再见，仅此而已。其实，时代的潮流一直推着我们不断向前奔，无论你是主动往前奔跑，还是被前进的波浪推着往前跑。追得上，就是跟得上时代的节奏；追不上，就是被时代淘汰。世界就是如此残酷和真实。就像有了微信，QQ渐渐成为了时代的回忆。在我们不知不觉中，世界的悄然变化是如此翻天覆地。

失去的是曾经，得到的是现在。失去，未必是件坏事。

唐代诗人李群玉似乎把这个问题看得很透，他在《赠元绂》中说："隐石那知玉,披沙始遇金。"就是说玉隐于石中，人们哪里知道那是白玉；只有拨开沙子，认真筛选淘汰，才能遇到真金。这些话，确实耐人寻味。

A册B册

当我决定写这个题目的时候,女儿小添一脸惊讶:"什么,A册B册也能写一篇文章?除了小学生,谁会知道A册B册?!"

"好像是的哦!那么你用最精短的语句告诉大家,什么是A册B册?"我说。

"让我想想……嗯,就是语文教材配套练字本。"

为什么要讲A册B册?是因为今天小添的无心一段话,让我得到不一样的启发。

众所周知,我们区的教育是"快乐教育"。在"双减"教育政策实行之前,听女儿学校学姐的妈妈将此事当着笑话说道,我们区的孩子处在学习鄙视链的底端。他们出去补课,那里的老师就会直接说:不行不行,你不能进这个班级。这个班级都是教育鸡血区的学生。你们的学生是跟不上的。你们去下一个班级吧,跟佛系区的学生在一起……

当她讲给我们听时,我们这群"佛妈"都哈哈大笑,浦东新区中考有两万多人,我们区中考考生才3500人,这使得我们区的孩子鸡娃的超级鸡娃,大部分佛系的超级佛系。加上小添学校的课题,是跟提高作业效率有关,校方一直试图在使用各种方法去减少孩子的回家作业,同时又能更高效地让孩子巩固学习到的知识。所以,女儿学姐与同学们的作业一直处于很舒适的状态。简单来说,就像我们小时候读书时那样轻松。后来遇到"双减"实行和开设晚托班,作业做得更快了。女儿有时候回来会和我说,今天晚托班做好明天的作业,以后和同学们互相交换书看。明天,我争取把后天作业做掉……

等,等一下,今天做了明天的作业?

嗯,是啊!

明天能做后天的作业?

嗯,是啊,我有一天把后面两天的作业都做完了!

啥?还能这样布置作业?

顿时我觉得老师还是超级赞的,这种鼓励方法也太给力了,让孩子超级有成就感!又或者是怕作业量太多,怕违背了政策,所以就把作业分批布置了?

慢慢地,我觉得我想多了,好像真的就是:明天的作业今天就完成……我觉得也挺好,孩子知道预习这件事,提前把作业做掉,哪个家长不欢迎!于是我就天天期待着她把明天、后天、大后天的作业都做掉……

起初,她很开心,觉得做掉了第二天就可以空出这段时间,能和好朋友们一起看书、下棋,甚至是排练小队的表演节目。

我也很开心,爱看书是好事儿,听着她眉飞色舞地说同学教她下象棋是好事儿,和同学们一起活动,增进交往、排练节目,提高团队协作能力都是好事儿……你看,她好,我好,大家都好,多开心!

渐渐地,我觉得她对"明天的作业"不那么热衷了,我想孩子也是要缓一缓的，她可能在找自己最适合、最舒适的节奏做作业。孩子嘛，不必一直像一根橡皮筋一样，约束得太紧，要松松紧紧才行。

最近，她早上无意中的一句话让我一下子火冒三丈：我今天可以晚点去学校，没事儿，反正我昨天把今天的作业做掉了。

嗯？你不是一直都提前把作业做掉的嘛。

没有啊，我好几天都没有做了。

话音刚落，我气不打一处来顿时火了：你现在这是什么学习态度，不应该提前做掉吗？拖到最后总要做的吧，早点做好，有什么问题吗？你居然还说得那么理所当然，理直气壮！！！

女儿可能被我突如其来的责备吓到了，愣愣地站在原地。还没等她回答我，我就匆匆忙忙上班去了。

大概过了一周了吧，今天晚上，她心情很不错，在整理书包的时候咕哝了一句："其实晚点写A册B册也蛮好的，因为听完老师的分析，我速度更快、效率更高啦！"猛然间她停了下来，看了看我。

此时我还没有将她的话，跟上周一早批评她的事情链接起来。我很好奇问："我觉得你说得有点道理哦，掌握正确方法了，就会事半功倍。"

"对啊，其实我发现第二天老师在讲解的时候，会特地把我们容易写错的字或者笔画，放大了说。在听好老师的分析和讲解以后，才能真正地起到练字的效果和作用效率，这样写A册B册速度会更快，比前面自己盲目的瞎写好。一般老师一直让我们先描一遍，给她看好以后再写，如果你提前全部写的话，老师就不会写一遍，描一遍，看一遍了。如果你提前全部都写完，老师怎么帮你看啊？每个字关键点都不一样，自己在晚托班瞎写，都不知道侧重点在哪里？第二天老师一般会对我们描的地方做出评价，然后我们再去写，这样比较妥当。如有问题，我不会因为前一天写好了，而没有办法改了。"

我顿时觉得她说得非常有道理！在自己能力之外的事情，不是提前做掉就是好。反而会因为提前做了，没有掌握要领，最后修改的机会都没有。我突然想到了上一周她说的那句话是什么意思了。刚才她紧张地停下看我，估计是觉得自己不小心说漏嘴了，害怕我又指责她吧？

所谓教育，没有十全十美，我作为一个教育工作者，自己也没有好好倾听女儿。她可能在实践中发现了这个道理，我却一味地处在"提前做作业就是好"的成人视角中。

现在我写着写着，发现这是一个极好的教育契机，要让女儿知道及时、精准地表达自己的想法非常重要！如果那天早上，她直接把这个发现表达清楚了，那么我就不会急吼吼地说她了。

教育真是个互相成长和互相成全的过程，等明天她起床，我想跟她聊聊什么叫"一语中的"。

咖啡

作为打工人,我爱工作,工作使我快乐;我尊敬领导,领导让我进步。此外,平时也没有发现,生活中除了家人以外,必不可少有些啥?一直到疫情防控,才发现,原来衣食住行中最不可缺少的,就是咖啡。

在一开始,大家只关注了蔬菜水果的问题,团购一个接一个。当吃饱喝足了,解决基本温饱以后,一复盘:朋友们,有咖啡团吗?没有!谁家还有咖啡重金酬谢?没有……是吗?居然忘记了咖啡!快,哪个团长有咖啡?有没有咖啡团?没有?快点谁来开个团?

于是轰轰烈烈的咖啡团,原以为不是刚需,却在众多呼声中"揭竿而起"立马成群了。

有了市场需求,就有了利益驱动,于是就有了团长,各路办法找到了各种咖啡。一开始别奢求冻干粉,有个速溶就已经很好了。但发现速溶的需求不太高,大家都不待见速溶。实在不想喝速溶的,那么就找挂耳的,渐渐有了冻干粉。到最后,可以挑选品牌,甚至有咖啡中比较顶端品牌的咖啡豆,到最后还有团长另辟蹊径,专门抢品牌店的咖啡和奶茶,一抢就是60杯。什么? 60杯那么多?不不不,这个60杯可以在2分钟内全部秒完,堪比拍车牌。由此可见上海的人民对咖啡的需求和对咖啡品质的追求。

还有一个真实的事情,是说一位上海老克勒,搬出自己家的咖啡机和豆子。豆子还是有品牌的,在小区里给大家做咖啡,不是你们想的高档住宅区哦,就是一般的公房住宅。解封的第一天,很多阿姨爷叔打扮得山青水绿,坐在店外,享受着徐来的清风,喝久违的下午茶咖啡。

上海一直是走在各种圈儿前沿的地方,海纳百川说的也是上海人对各种事物的态度。上海人对咖啡的喜爱是任何城市都不可比拟的,1834年咖啡来到上海,从"磕肥"一直变成"咖啡",上海领跑了全国的咖啡。

在我家门口的一条路上有三个星巴克,其中一个是R★,平均隔了红绿灯就有一个,其中还有其他的咖啡店,Manner的,Mstand的,还有各种不是连锁店的——仅仅是老板自己借了个铺子,开了个咖啡店。有些是出于自己的情怀,再加上没有计算进咖啡店的也有卖咖啡的……这不是病句,因为有些面包店里自带咖啡的;奶茶店里也卖咖啡的;书店与咖啡是标配的(虽然我担心总会有顾客不小心把咖啡洒在书上)……于是上海人民的味蕾在一个又一个的咖啡店里,寻找自己喜欢的咖啡。也在这个寻找的过程中"养刁"了大家的品味。连我家的外婆都会去品鉴一番,她会悄悄问我"星爸爸"为啥越来越淡?我们家会所里卖的咖啡还是现磨的呢,怎么那么难喝,你说是不是豆子不好?……

我女儿小添也知道了雀巢一直用云南豆,那是速溶咖啡豆,当然现在云南豆也有小众的好豆子……

作为普罗大众的一员,上有老太太,下有娃娃,都已经对咖啡自有一番心得。看看咖啡对上海人多重要吧!

当女儿知道我要写咖啡这个题目,说了一句:嗯,很好很妞妞(我的小名),很符合你的生活习惯哦!

是的,生活中除了爱工作尊敬领导,还有:爱咖啡。

（二）来踪去迹

致一岁

——给女儿的生日贺信之一

亲爱的陈泱欷小朋友：

2012年的5月，爸爸妈妈在土耳其的土地上，有了你这个计划外的不速之客。

2012年6月，妈妈永远记得那是6月6日，一直上蹿下跳的妈妈，知道了你的存在。那时候很埋怨你的到来，觉得自由自在的生活即将结束。妈妈没有像其他妈妈有着迎接小生命的喜悦，相反在纠结要不要让你诞生？但当医生阿姨问我要不要你，妈妈却毫不犹豫坚定地说：要！医生告诉妈妈，你的预产期和你爸爸的生日竟是同一天！妈妈顿时想到：你爸爸生日那天，能送他你这个大礼包，只能说明，你肯定是你爸爸上辈子的小情人！

2012年6月7日，医生阿姨看到了妈妈的化验单，告诉妈妈，你可能随时随地会离开我，让妈妈做好心理准备，并回家休息！妈妈没有担心，反而觉得轻松。妈妈下定决心，尊重大自然的优胜劣汰，顺其自然。不知道是不是妈妈因为没有勇气，请别人送你离开？而现在正好有个理由，能让妈妈等待着，随时接受你的离开。

2012年8、9、10月，经历了难熬的前3个月，妈妈觉得终于自由，能够出去走走玩玩，于是妈妈带着渐渐鼓出来的你，去了杭州的山林里、青岛海边、无锡湖边、四川绵阳、九寨黄龙、甘肃兰州……妈妈骄傲地带着你在青藏高原海拔4000多米的高坡，徒步欣赏奇异的风景，从盆地到高原、一直到尘土飞扬的黄土高坡……

回到上海，和车队的叔叔阿姨一起玩，逛夜市，吃大饼油条，烧烤……我们帮你起了小名：小添。因为你的到来，为我们的生活增添了快乐，但也会增添烦恼，增添了人生的百味……

妈妈什么都不怕，所以多运动，要用最自然的方式迎接你的到来！要用领略雄岭大川、苍茫大地的气度，对你进行胎教……

2013年1月23日，妈妈有些忐忑地地住进了医院，似乎你提前发动。你让妈妈有些紧张，超过高考！超过考数学！但是妈妈不害怕，或许因为你和妈妈同在，妈妈还有些小小的期待，知道小添是个女孩，妈妈准备了好多好多漂亮的衣服、玩具送给你。

2013年1月24日，看着别的妈妈都见到了自己的宝宝，可是你还是不温不火，妈妈痛得不想将你拖到和爸爸生日的同一天了，只能悄悄和你说：宝贝，只要你出来，一切好商量，吃喝玩乐少不了你，样样供你！只求你快点出来！希望你是个听话的孩子。

终于，在2013年1月25日凌晨4点，妈妈见到了你！看着这个陌生的小生命，妈妈不相信那个就是和我共生38周的小家伙！你有黑黑的头发，白白的皮肤，个子小小的，小到妈妈不敢碰；软软地，软到妈妈不敢抱……你躺在我身边静静睡觉，但是你会突然哇哇大哭！这让我们全都慌了手脚，爸爸妈妈全然不知道该做什么，听到哭声恨不得自己替你哭！换尿布？怎么换？喂奶？怎么喂？比考试还难，因为没有正确答案！但是看着你嘟嘟的小脸，觉得你的呼吸都如此香甜！抱着你，就像抱着我的全世界！

　　妈妈整天拿着手机跟在你后面，记录下各种点滴，恨不得分分秒秒都刻盘记录：第一次游泳、第一次抬头、第一次翻身、第一口哺食、长出第一颗牙齿……

　　你第一次生病，妈妈揪心得整日整夜不睡觉；第一次游泳比赛，你竟拿到浦东新区冠军，妈妈无比骄傲！各种第一次，各种回忆，对于我而言铭心刻骨！

　　不知不觉，那么快，你已经一岁了。你的成长道路还很长，可是你已经学着自己长大。

　　其实，你会慢慢离开我。

　　第一次的离开，是你的出生，你已经发育完善，所以你选择离开妈妈的肚子；

　　第二次离开是断奶，你长了牙齿不需要neinei了，你离开妈妈的怀抱；

　　第三次离开是你学会走路，你的双腿已经足够承担你的所有，所以你自由支配它们，不需要妈妈的搀扶和保护。

　　时间阻止不了你慢慢离开，妈妈也将进入而立之年，妈妈总是希望能给你力所能及的优越，只希望你快乐平安！小添，生日快乐！去年此时的痛苦早已忘记，回忆里只有各种快乐的标记！一直喜欢抱着你，感受着你在妈妈怀里滚来滚去……

　　小添，生日快乐！

　　妈妈希望时间慢点流逝，好好看着你长大成淑女！虽然你不太可能成为淑女，调皮捣蛋，你总是第一名！

　　小添，生日快乐！

　　你在沙滩上留下歪歪扭扭的脚印，虽然海浪冲过后毫无痕迹，却抹不掉你努力成长的痕迹！

　　小添，生日快乐！

致二岁

——给女儿的生日贺信之二

小添,第三次祝你生日快乐!

第一次是2013年1月25日,遇到陌生的你,身心疲惫地祝你生日快乐;

第二次是2014年1月25日,你的一岁生日,在海南岛抱着香香的你祝你生日快乐;

第三次是今天2015年1月25日,你的两岁生日,在你身边静静守候着你、亲吻着你,祝你生日快乐!

有了你,我才知道什么叫作:抱着你,就是抱着我的整个世界。现在如果没有你,我可能立刻会崩溃。虽然还不能确定你爱我,有如我爱你,但是我很确定,我爱你更甚你爱我。

虽然你不知道什么是爱?那么妈妈告诉你,妈妈对你的一切都是爱,都源于爱!自从有了你的每一天,我都会告诉你:我爱你!

虽然我爱你,但爱不能成为枷锁。

我不希望以爱之名,对你提出条件,或者说不可以。我不希望用爱来束缚你，我要用爱作为扶助你羽翼的双手，让你飞得更高更自由！

我没有想过，你将来要做什么工作？我只要你有适应各种工作的能力；

我没有想过你将来要成绩多优秀？我只要你能够读完该读的不吃力；

我没有想过你将来要出人头地，我只要你能够拥有健康的心理；

我没有想过任何关于你的未来，因为未来只属于你！

我不要你成为实现我愿望的试验品，我自己没达成的愿望不是你的，我没有权利附加于你。

我不会把你丢到任何补习班，把希望寄托在别人身上。因为一分耕耘，一分收获，只有我自己耕耘，才会有收获，从你出生的那刻，注定母亲才是你真正的良师益友。

我不会期待你要收获多少，因为你收获的路很长，我望不到尽头，眼前的收获并不一定是大丰收，就算现在颗粒无收，亦是塞翁失马。总有一天你会知道：就算没收获，但只要有一点触动，就算失败也值得。

曾经看到过一段话：每个孩子在降生前，会在天上选择他的妈妈。他如果喜欢这个妈妈，就会选择做她的孩子，我要感谢你给我机会做你最亲爱的妈妈！

我会作为你的玩伴，带着你走遍世界每一个角落，因为你会感受到不同的异域文化和氛围；

我会作为你的粉丝，拍下你的每刻每秒，因为你以后看着这些照片和录像，一定会回味无穷，感慨万千。

天高云淡，万里晴空，丝丝凉意触动着我心中的万千柔情。小添，你知道吗，在春天来到之前，妈妈永远牢记着与你的不期而遇……萌芽而生的嫩草，宛如款款深情的姑娘，羞涩且恬静，多么希望醉在迷人的春色里，这样的春天，总让人想触碰它的温暖！

人生路漫漫，看尽流水落花的落寞，挥一挥手，与昨天作别。光阴轮回，燃尽了所有喜与悲。我放慢脚步，静静地欣赏你的天真和明媚。

我希望你一生平平安安，因为我知道，平安即幸福。淡然地面对一切，执着于平淡的生活。幸福很简单，平安是幸福的味道，安享平安的时光，幸福如影随形。

作为你妈妈，我会和你一起体验你的喜怒哀乐。因为我知道，就算你不开口，一定有需要我抱着你的时候……

尽管我不是个完美的妈妈，或许我也不算一个好妈妈，但我肯定我在努力成为一个合格的妈妈！

因为我爱你。

致三岁

——给女儿的生日贺信之三

小添，又到了一年一度祝你生日快乐的时候了。

2013年1月25日，我们在医院里陪你度过了诞生日。

2014年1月25日，我们在海南三亚度过了你的一岁生日。

2015年1月25日，我们在马来西亚沙巴度过了你的两岁生日。

2016年1月25日，我们终于老老实实在上海度过你三岁生日。

三年，我从看到陌生小小的你，不敢抱你，一直到现在想抱你，你却推开我要走自己的路。

慢慢地，你长大了，就是这样的悄无声息，却又如此彻夜不停。

沙滩玩沙，你会放松；接触动物，你会善良；身处异域，你会观察；爬山，你会肌肉发达；抓鱼，你会眼手协调；回顾，你会语言发展；再忆，你会记忆巩固……看到有些自然现象，你会问为什么；遇到困难，你会自己努力挑战……这些就是你自然而然学到的比书本里更直观的东西，所以我一直把你带在外面，觉得你以后没有那么多玩耍的时间和机会,看多了钢筋水泥的森林,带着你到乡村田野山里到处玩耍的缘由。

我觉得这个才是你的童年,——我们在山窝里找到了旋涡,带着你在自然中用树枝、叶子、花朵,甚至香蕉皮去探索旋涡,为此蹲了好久……在沙巴的热带雨林中,你不要我们抱,自己翻越复杂交错的藤条树根,我提心吊胆帮你摄录下整个过程。外婆和爸比在镜头外,一直紧张着向你伸着手……没人抱怨你身上的泥土,因为衣服能洗,可是你自己勇往直前的那股劲儿,如果被扼杀了,就不知道下次要等到什么时候?你在吴淞口爬上石头,想翻越栏杆,你一块一块石头过去,就是要找一块能以你的身高踩到的石头,然后爬上栏杆。我们在风中等你,不催促你,很多人不理解这是为什么?只有我知道:你在目测,你在比对,你在寻找,你坚持用你的耐心去获得成功的快乐。

我带着你爬山涉川,看流水,抓溪鱼,采野花……我不喜欢早教机构那些假假的感统训练器械,大自然中有好多比这些更好玩、更有趣的东西!我能够带着你去发现!我带着你抓蝌蚪,每天期待它们长出了腿,然后你再一个个捞起来,跟它们告别了去放掉。我们去摘桑椹、摘葡萄甚至还摘到了干瘪的无花果。摘草莓、摘橘子,对你来说已经out了,因为我们去山里自己摘野草莓!我们自己上山挖笋,你用竹子当拐杖,从铺满竹叶的山坡上滑下来,摔了还自己撑着竹棍站起来继续滑。所以我的后备箱里全是你挖沙的工具、钓鱼网鱼等工具。

可是,我冥冥之中犯了个天大的错误。7月在长白山,一不小心踩爆出了你过敏的"雷"(得过敏病症)。然后,就是慢慢收拾此"雷"的路,花了大半年时间。这几百个日日夜夜,让我们几乎彻夜无眠。每次在上海的各个三甲医院穿梭,但是你的病一天比一天厉害，曾经无数次百度上搜索有关你病情的一切……曾经有段时间觉得自己一天比一天绝望。还好有关心你、帮助你的人，他们帮助了你许多，还有一直来帮忙的姨婆，感谢你们，你们让我无比感动！瞬间，我看到了希望的曙光，在这个过程中，我坚信我是一个强大的母亲，你一定会完全康复！感谢上天，你现在已经好转好了太多太多，马上就会痊愈！感谢外婆，彻夜无眠的日子里，都是她分分秒秒不离不弃地在你身旁细心地照顾你。感谢所有关心你、帮助你的人，所以，这也是你必须学会的一课：感恩。

我一直希望你是个善良的孩子，因为只有善良，不会与身俱来。善良的你会有更强的道德约束力，你不会迷失自我，你会有底线。善良的你会有责任心，充满爱心，会懂得尊重别人……

家庭教育给不了你全部，许多只能靠自己去悟。我做不了完美的妈妈，我只能尽量做个好妈妈。现在的你，等于迈过了这个坎，希望你能顺顺利利，我会尽力少带着你到人烟稀少的地方去野，因为我只要你健健康康、快快乐乐！说好生日带你去滑雪，说好带你去游泳，说好带你去骑马，说好带你去挖沙，说好了很多事情！今天你突然在梦中哭醒，嚷嚷的话让我哭笑不得：我要吃棒棒糖……因为任何甜的、有添加剂的，我们都不给你吃，你的心愿就是吃蛋糕、冰激凌、糖果。

渐渐地，我不习惯叫你宝贝，因为你分分秒秒在长大，你已经不是需要我呵护的柔弱苗苗，你将会成为一个独立的女生。所以，亲爱的小添，无论什么样的诺言，只要我答应你，我一定会用一生的时间陪你去实现！

生日快乐小添！让我再抱抱你，就像你刚出生的那天，尽管你已经不再那么弱小，但是你依旧是我的小添！

生日快乐，亲爱的女儿！

致四岁

——给女儿的生日贺信之四

小添,祝你生活在蓝色地球上的第四个生日快乐!

尽管这里的空气经常很糟糕。但你说,宇宙中看到蓝色的地球真美好,将来,要坐上火箭、飞船在太空中溜一圈。

谈及你的生日礼物,你说要一套宇航服。对不起,我只能问问"万能的淘宝"……兜来兜去,只买了个通话定位手表,戴着手表可以在地球上跑一圈,这样你跑哪儿,我们都能通过手机看到。

宇航员的梦想固然美好,只是需要你努力去实现……

当然,梦想不一定能成为职业。就像当初我想进入《南方周末》做个记者,扛着长枪短炮去地球每个角落采访报道。结果自己没完成梦想,便带着8个月大的你,开始到处跑。让两岁的你坐了10次飞机,乘过5个国家邮轮游艇在海里追逐着小鱼把头冒……

结果在中国一不小心,自食其果。众人都说你这个当妈的在瞎胡搞。

最近一年,乖乖地待在家里,你看我,我看你,你天天想着去滑雪，去海岛游泳……

很抱歉，今年生日没法带你出去跑，为娘我刚手术好，躺在床上要慢慢养。

但是大眼瞪小眼的4年，和你一起生活了1460个日日夜夜。就像你的名字，你为我们的生活增添了许多快乐和烦恼。微信全程记录了你样子的段子，还真的蛮搞笑。

有时候，你就像只小狗小猫，高兴起来给你个肚子挠挠。不高兴时，对着你嘟嘟着张牙舞爪。

人们都说，孩子要起个狗腿、二妞、傻蛋的名字好贱养，可是我还是买，买，买，巴不得把地球翻过来狠狠地海淘。

有了你，就是拥有整个宇宙。睡你边上，闻你的呼吸，就像嘴里含着甜甜的糖。吻吻你，你却噘着嘴巴，用手擦擦脸庞。

后悔当初太早地放弃抱着你去上班，以至于你慢慢地不需要我的怀抱。也使我抱起你来，觉得沉甸甸的，直往下掉。

你会推开我，迈开你的柯基小短腿自己跑，就像阳光下的铃铛，那么耀眼，一有风吹"叮叮当当"充满欢笑。

到了幼儿园，你不断在成长，尽管你在班里是最矮的身高……

最喜欢听你说：妈妈，我会自己认真动脑筋！

最心疼你一大把眼泪、鼻涕亮晶晶，最高兴看你饭碗、盘子都舔光，最想让你肆意欢笑、健康、无烦恼。

现在你只要你的小伙伴，弯弯、芊芊一大堆叠词没头没脑。你已经不需要妈妈跟在你后面，追着你傻傻地吹着鼻涕泡泡。噩梦的一年半已经过去，挥走阴霾迎来朝阳。你说：你是我的妈咪pig，我说：啊，那么你就是我的piggy。

最喜欢晚上睡觉前的那句：妈咪，I love you！（我爱你）

尽管这样，作为未来的丈母娘，隐隐期待哪个Mr.Right（正确的先生）跳出来会将你拐跑……

坚守到现在，不管身边有多少"学而思""百花乐宁""昂立学校"，我还是想让你开开心心等下再跑。

人生是个马拉松，绝不是50米赛跑，人家跑累了，你可以迎头赶上去。

我不要你做凤尾，其实鸡头也蛮好，若再不济，鸡腿还是要的……

感叹当下，牛蛙们都在学这学那到处跑。而你在小区、公园里傻呵呵地笑着，一路小跑放着纸鹞。

我不要你出人头地，风光无限，一个人在角落里内心哭号。看多了形形色色社会百态，学会把自己心态调整好。

我只要你安安稳稳、健健康康享受每天的阳光。怎么走好，是你自己预设的目标，不是我当妈的奔波、转悠去完成的指标。

虽然小添小朋友你已经不是宝宝，但是我还是忍不住一回家就想把你抱。

虽然看别人家的孩子口才好，情商高，啥都好，但是你也会不断让我感到惊喜、骄傲和自豪！

虽然比起其他妈妈，我不是很出挑，但是我自信，我的爱不会比别人少！

都说羡慕你有个万能外婆和全能爸爸追着你跑，爱你的爷爷、奶奶、外公、伯伯、叔叔、阿姨、哥哥、姐姐们围着你绕，传说中妈咪我，就爱捧着手机，帮你写段子、录像和拍照……我的微信全是用来记录你的眼泪与欢笑。

等到有一天你长大了，翻翻微信就会渐渐明了，你的小时候是多么无厘头，一直上演成长的烦恼。

其实你的性格就是像陈栋家长，现在打赌，肯定有人指着我说，就是像你的孩提时代——上房揭瓦，到处乱跳，你可别逃。

我说，我小时候乖乖、静静、不吵不闹。但肯定有人说我，吹牛！火车乱跑……

所以不管像谁，你就是你，要自信傲娇！

妈妈告诉你：女人才情首要，容貌其次，最重要的是头脑。除了大脑，其他花钱什么都能买到，健康成长就是为了更好武装你的大脑。否则，到时候没有智商，谁会理睬你的一哭二闹三上吊。

小添，我希望你健康，只有经历过那段时光，才知道如何走出黑暗，让自己充满希望。

我希望你善良，善良是做人的根本，哪怕整个社会几乎都将此遗忘，但是你不能忘。

有些事，我希望你遗忘，忘记不快乐，忘记犹豫不决，删除乱七八糟的情绪，不让烦恼存档。

我希望你独立，独立就是没有我们，你也能混口饭吃，无论你走到何方。

小添，在这里祝你生日快乐！祝你的身体健健康康，祝你的笑容充满阳光，祝你的心里满满的正能量，祝你的胸襟如海广袤。

I LOVE YOU FOREVER！（我永远爱你！）

致五岁

——给女儿的生日贺信之五

须臾五载,吾家小女已垂髫,牙牙学语恍若昨日。蓦然回首,如白驹过隙,然母已逾而立之年,终将不惑。忆及姓期趣事,乃记之于心中。

昔汝居母腹中,为汝取双名,吾思多日而无果。汝属龙,龙者喜水,故名中应有水旁。一日梦中,朦胧见"泱"。余惑而不解,或为"涣"耶?然涣为散,涣卦危难,非吉祥之字,不可取也!乃认定"泱"也。"泱"者,深广、弘大也。于世间,为胸襟、气度、学识、眼界,浩瀚而无止境也。惟虑月盈则亏,水满则溢。后缀何词,既可避险,又益于小女焉?细思冥想,其一,为"欹",此字意欹器。传孔子观于鲁桓公之庙,有欹器焉。孔子问于守庙者曰:"此为何器?"守庙者答:"此盖为宥坐之器。"孔子曰:"吾闻宥坐之器者,虚则欹,中则正,满则覆。"冀吾添儿中则正,泱而不溢,乃中庸,适度为宜。其二,"欹"具赞美、赞叹之意,遂名"陈泱欹"。乳名"小添",亦临水也。

人名者，载列祖列宗及父母之厚望，荫蔽汝终生焉，亦汝之心匾也，故不可轻慢之。

然人生之路终由汝抉择焉。须明理而行之，谙人事，克己复礼，铸就国之栋梁，家之石础也。

一日，思睹汝之蹒跚，一踬，奋起；二踬，复振；三踬，犹能奋进而不气馁。余观人生之途亦然，必遇坎坷，必经风雨。吾侪须勇于直面，砥砺前行，岂可遁避。望吾添儿继而持之。

《中庸》曰："好学近乎知，力行近乎仁，知耻近乎勇。"勤亦补拙，而非无脑之勤。勤学、勤思、勤疑、勤动。吾华夏造字精深矣，母揣勤为"谨"，量力行事。切不可鲁莽粗糙、不计后果行事焉。谨言慎行，乃君子之道也。

茫茫人海，交友为甚！江歌案舆论一片，遇人不淑、择友不慎、识人不明，苦其自身也。须谨慎交友，规避其害矣。然君子与小人之交亦无可避免，君子喻于义，小人喻于利，与唯利是图之人过密，危矣！为人为仁为忍，不可与其共谋利也！遇此类人，宁绕而行之。遇而不得绕行，一回微笑，二回点头，三回避，而不与虎谋皮，进而伤尔自身焉。汝若身陷，亦不得蛇鼠一窝，不得弃置退缩。谨记：愚者攘攘，智者渺渺，驳之词正言严，论时铿锵有力。虽厚德载物，但无须承他人之责而隐忍，需巧与周旋，避害而处之，此乃后话。

洋洋洒洒，字字心血，天下父母皆有此苦心也。汝若安康，乃吾所愿也；汝若颦蹙，心存暗影而遮阳避日，乃母忧之；汝若破涕，犹冰霜融之，乃母慰之；汝若粲然，实如光芒万丈云兴霞蔚，乃母喜焉！

愿吾家添儿，诞辰之日起，萱花挺秀，婺宿腾辉。

是为母之心愿也！

致六岁

——给女儿的生日贺信之六

吾儿韶龀，已然六载。吾虽倾全力将其呵护，仍让其初尝人间杂陈之百味。

襁褓，初为人母之艰。

孩提，忧儿择校之谨。

垂髫，愁吾儿之康健。

现，望吾儿求学之安顺。虽吉人自有天相以自慰，然犹欲出力，无不劳之获，虽力所能及供之，而不倾其所有。

路，汝自行。《战国策》曰：父母之爱子，则为之计深远。奈远？康！康，万事之基也！

一曰：身之康。健之体，凡所要，无健之体，金银无用，终日不舒之体，不享汝欲之人生，安得有趣！

二曰：心之康。心健能扛无所，无论遇何之暗，皆得一丝光！逐光，自崛，顺！勤！勤能补拙是良训，一分辛苦一分才。虽吾子质不颖，尔可以暇补此缺。世无有获，一者幸反使君益惰，吾受汝不良，然汝念勤，但努力过则止，生犹欲乐而有义，非良一路繁花似锦，看似璀璨，而不服心劳。奈远，奈远？

三曰：能。吾不责汝出，但汝所致皆有能活。能否，但有敬之心学一物而就，是能于好学之心与节自受新境与新物之能，此能独自频频之节自取锻炼，而皆欲生于汝有一康健之心。

此三者矣，我亦能安之瞑。

汝乳名曰：小添。乃谢天，自家添汝矣，吾生添爱、添乐、添福……乃世之福，甘之如饴也。然，汝亦为吾生添烦恼、添难、添世间之味，走路之艰难……冀将来望添之，安汝之心，添多之安矣！

小添，汝之明珠于掌，心肝之宝，诞辰快乐！汝不惭言拙，惟愿其活泼康健，诸事顺遂！

存此文于旅途飞机上，权比蛋糕，宴之，庆其六岁生日尔！

致七岁

——给女儿的生日贺信之七

添，汝已七岁，为学之日鸡飞狗跳。闲时母慈子孝，然母知汝身上何谓珍宝？今汝既读小学数月，已有天地之变矣。

诸"长"，乃人必经之途也！

一长，身之长。吾今世之最大之心愿，即汝具康健之身。

二长，心之长。心智之长，无物可代之心所长。

三长，眼之长。目欲放远，不得鼠目寸光，只顾眼前微利而失千里之志。

此乃吾意之三长，虽说易，践则难矣。

一曰：身之长，身体之长，寄之，愿君终身康健。汝病，吾心则急，恨不得病在吾身。近五年中，为汝病阖家已劳，舍财不言，心力交瘁。故吾无欲汝学业如何，惟愿汝身体康健。须知，天下无一物，能令其时逆，重来固体之康健；天下无一财，能购来身之康健；天下无一药，能永葆身体之康健。故吾愿汝康健，少受肌肤之痛，置第一也。此时冠状病毒成疫，肆虐天下，身体康健乃吾愿之最！

二曰：心之长。汝非攻于心机之女。吾对汝之教与养，皆为心善。为人善乃为人之本，然世中人心各异，人性本恶信奉者亦有之。一味忍让，或为懦怯之征，遭人欺凌。故安得此度，愿汝自悟之。凭空索取乃枉然，惟己悟之。悟从何来？惟博览群书。然览何书当有选择，劝人为善，增人知识、益智之书需精读。先贤之思、之为，皆应效法，成汝以后为人之本。故心之长不以时，尚赖汝之积与悟，后无畏矣。善攻心计者，谨防即可矣。汝切不可谋攻于心处世，俚语曰：人算不如天算，人算不过天。心大向善者，必有福报。

三曰：眼之长。眼：眼界、眼光……此乃目力之所及，见识之广度。所谓："眼界高时无碍物，心源开处有清波。"故心眼相通：心阔则眼开；心狭则眼窄。惟心胸之广，方得眼界之阔。然眼界开非口中妄也，要者：汝知之积与构，而思虑逻辑之。眼之广，境之高，皆有因果。不奢成人之龙凤，惟成自我。

今疫之肆虐，只在家待其度，庆汝之诞辰。宝，诞辰快乐，永言爱汝！

致八岁

——给女儿的生日贺信之八

添，弹指又一年已过，汝八岁。时达八年，喜怒哀惧聚齐矣。眺未，道岖且长。

疫未散，更趋猛。

汝父赴抗疫一线，外疫不时入侵，压力堪比泰山。疫情呈压顶之势，需鼎力抗之。汝父此时逆向而行，至伟至圣也！人虽微，大白背影乃宏，顶天立地也！望汝参父之坚，学之毅，仿其稳，拓其宏。虽不比男儿，亦可自强矣。古有木兰从军，穆桂英挂帅，巾帼不让须眉之说……然吾辈终究凡夫俗子，血肉之躯有怯且退。弃，人之常情。迎，且记今日汝父背影之伟，国之栋实至名归，陈栋属之！豪，慈父之担当，汝之榜样。

小儿好动乃天性，酷爱马，术之好，兴望持之。马忠、善、温，乃人之友，忠善为伍，人之道义。虽人心叵测，良莠不齐，但汝心芳净土，正向加持，同类而聚，正气凛然，必有福报。

今日，吾着力与汝谈论两字——重与艺。

重心，重德，重养，重融。

重心，皆为心之所向。色泽深浅乃心之所选，音律高低乃心之所表……艺修心，心之净，艺之进。

重德，心净，德高。德凌法之上，自束。艺，泄抑，调绪，超脱。艺长，厚德。

重养，养虽亲给，然心之养后成。养心乃修行，艺之修乃静，静之沉淀遍观全局而不贸然。

重融，通融，允融。融——大势所趋，古今中外，相融乃成。音表舞，舞表画，画表音……融之，容之。诚如《尚书·君陈》所云：尔无忿疾于顽。无求备于一夫。必有忍，其乃有济。有容，德乃大。

母心悦行己事，务助力子成才之梦想，度子欲之生活。然如此，亦不易也。

人皆怀揣梦想，而今尽得梦想者寡矣，皆因种种变故，终不得不弃之矣。愿汝固梦，为所欲者，不留遗憾，永守者望自守之。

今视汝安处吾之左右，如此之岁月静好，实欲弥久，永远留之。然未来之道待汝行。祝君生辰乐，吾亲之宝！

致九岁

——给女儿的生日贺信之九

添,今乃汝九岁诞辰,虚十岁矣。欲善为汝庆生,恰逢"新冠"疫,活见之,若庆。虽憾,比彼处水火,福已大矣。

九,吉祥之数也,处九州而逢九数,甚好。十岁为虚,别黄口,将舞勺,诞乃大重。《礼记》曰:成童、舞象、学御射。辞童年,恩志之立志也。入少时,知父母之恩,孝弟双亲。

虽吾子至此九年,然与余欢处,已为吾平生难忘之忆。甚悦汝择吾为汝亲,有汝,吾为世上之最幸者矣。

已数日以汝为豪,汝师常告诉吾,汝之点滴长进,吾为之窃喜。仍严苛待汝,为此,汝常不悦,此母常悔之,又不得不依然待汝,相信汝长大后能悟之。当汝身处花般时节,吾却倾注他人之子弟,然内心深惜与君陪伴,虽有怒于汝,而汝似不受,含泪抱吾,吾心悉或已负汝。君来日悠长,终有独自放飞之日,汝之父母也将由壮而渐老。见卿独笃,余隐隐从汝后觇汝进,亦一福也。

遥想当年,君步履褰裳,言之就走,咿咿呦,犹在眼前。汝既长大矣，母从少女化为中年妇女。望儿身体学业日长，吾窃喜之余，对汝之期望始终不变，唯愿汝身体康健、乐长。

母素知汝为庸儿，所求汝惟德厚，身体健康，学习与德并行矣。吾心急，常因汝动作处事皆徐徐然而愤懑，或以汝回应慢而怒，怒后吾亦时悔。究其源，实乃吾与汝性格有异也。故愿君按己原有节奏以自活。

入小学之第三年，君每日乐于上学。赴学校就读，乃君之最爱之事。世人皆云，小学三年乃分水岭，而汝成绩稳定即是大胜。

吾之愿君永乐，为己，健康长，卿为所欲者人！

致十岁

——给女儿的生日贺信之十

《礼记·曲礼》上：人生十年曰幼学。

懵童长，至此风发乃少年。叹时如白驹过隙，疫荒三载，三岁看八，八岁看老，十岁终雏形已定，尝期多乃高，资质平，凡泛众，甚奇之。

学向勤中得，萤窗万卷书。惜时勤业乃为凡事之基。母来世久，经事多矣。他物皆能为人人所取，唯心所致，他人不能取焉。心之所学，惟勤阅，勤思，史为鉴，人为勉。史为胜者书，不得视其传久而广，而以为道也。

多阅多思始得见真谛。众人所传，美其所识，多枉事也。由此，可见人云亦云不可取。多以讹传讹，未为道也。昔时，吾等受人欲纳之声，而漏见其背后之意，故独思甚要，环视四周，了其历史，方得其实。

"叶公好龙"之原型沈诸梁，专水利，灌良田，龙乃水系蜿蜒之图，惧龙，又忧斥巨资，耗民力，增负担。沈之政见异于孔子，奈韩相申不害编撰不实，以讹传讹，叶公蒙冤，流传甚广，世人皆蒙蔽。此乃史之真相，后世之人皆不问青白，竟以此定义。故汝独思之要，不可随波也。虽不得随波逐流，但不可冒进，万事稳妥为上。惟有多思博识，学识刻于心中，凡事皆不畏。

经此新冠疫，万事母皆看开，无他来视，汝身健康最为要。康为基，思为梁，遇事思之。思乃源，源乃立足之根也，根乃人之本也。十岁段知是非能思。汝终将独行，母不可能永护汝左右。故汝行前，凡事多谋之，不定之事，可告知于母，共研判之，不必终于汝。

吾岁岁简文展于汝，将内心母之深爱与汝言。

值新年，匆言事，烟花璨，至祝愿，生辰乐。

我其实也会老去

周五晚上回到家,母亲因为两周未见我们,开心得很。一直问我,小添是不是每天早饭都喝牛奶、吃奶酪?是不是保证一天一个白煮蛋,保持优质蛋白摄入?你们情况怎么样?每天早饭不能草草了事。明天想吃什么?双休日要做些啥?是不是在家?如在家,要安排一下,想吃些啥?……

突如其来好多好多问题,我一下子不知道回答哪一个。我说:上周不是房子装修开工了嘛,周末要去看一看。感受到母亲停顿了一下,可能是她觉得我们今天又像旅馆似的住一晚就走,没多陪陪她,我连忙说:一起去吧,我们办事儿,你就小区里走走看看,正好小添要游泳,你就旁边陪着。她游她的,你就坐旁边躺着看着就好。

母亲点点头:那晚上回家吃饭吧,外面甲流那么厉害,外面吃太危险……

而我满脑子都是:明天那么多事情,我要见缝插针做些啥,哪些事情怎么安排最省时省力,所以母亲说的有些听进去了,有些就没过脑,直接从耳朵里流了出去。

母亲说完了，见我没回她，于是又重复了一遍。我总觉得母亲在我耳边叨叨叨，我脑海里对于明天的安排刚想到一半，还要分神抽空去回答她。往往理了老半天的思路又乱了，于是挥挥手对着母亲说：好了，别再说了，你跟着我走就行了。不用你特意去做安排，也不用你操心，一切到时候再说。

可是母亲还是不放心，总是在重复：不要在外面吃饭，晚饭要回家吃……叨叨了好几遍，我直接说：你就别管了，别再说了，我自己安排。母亲没有接着说下去，就默默地走开了。

回家的感觉真好！与小区里邻居们的关系，也都是经历过疫情封控的革命友谊。大家进出打招呼、闲聊，无比和谐友好。

这里的环境也很安静，比起我们浦西的家永远车水马龙和周围染红了半边天的灯光来说，是个清闲、放松的好地方。我所住的浦东小区和浦西小区的人文完全不一样，浦东小区和邻居们也是疫情中熟悉起来的；而浦西的小区，到现在除了认识楼组长老奶奶和偶尔遇到的对门邻居外，其他的邻居就算擦肩而过，都没有一个微笑与点头。见走过路过的，我想打个招呼，感觉对方都是秉着礼貌，又避免尴尬马上低着头看手机匆匆离去。

记得疫情中在业主群里曾经有一位加我的业主，对我所居住浦西小区的评语就是：不失精致而又尖酸刻薄。

在浦东小区里，由于我和一群邻居在疫情封控期间搞过阳台音乐会，关系都好得不得了，所以我们全家都喜欢浦东的小区，绿化多、占地大、人文和谐。因此，小添一直说：浦西的家是旅馆，回到浦东才是真正回家。

我回到浦东就想横躺着，其实到处都能躺，只是习惯在一个地方，熟悉了它的味道和气场会无比放松，晚上睡觉也更踏实。此时我只想安安静静在按摩椅上躺一会儿，然后投影仪找一部电影看看……

母亲看到我们回家当然非常开心，免不了对现在处于"猫嫌狗嫌"年龄的外孙女叨叨地说教一番。而小添觉得，好不容易离开家，摆脱了我们的管教和束缚，到了外婆跟前，还是要继续接受再教育，有些不服气，于是和外婆"呜哩吗哩"的"拉锯战"开始了——

小添，吃个白煮蛋。

不要！

白煮蛋营养最好。

不要，我喜欢炒蛋。

炒蛋油太多了，没有白煮蛋健康。

不要，我不喜欢白煮蛋。

外婆和你说，你要做有益的、健康的事情。白煮蛋营养最好最健康，你要知道做什么事是好的，什么是不好的。

……

于是母亲的叨叨叨转移了方向，我看着电脑里打开的文档，就算我一个人在书房里，也阻挡不住母亲的念叨和小添跑来跑去、蹦跶蹦跶的声音。

算了，我还是等下再做事儿吧。

不知不觉就到了晚上九点多，母亲就开始盯着小添上床睡觉了。盯完了她，就开始叫我们早点休息，尽管是周末了，但是身体一定要休息好！

我据情总结的三个字，就是：早点睡，快去睡，现在睡，马上睡。

为了避免继续叨叨，我们很快带着电脑回自己房间，关起门做自己的事情了。

第二天，生活继续，我们按着计划好的行程忙碌着，我一边开车，一边和女儿讨论老师布置的作文怎么写？而先生直接分头行动，去拿资料办产证。然后我送女儿去会所游泳。趁她游泳的时候，迅速完成女儿学校里要的公众号的稿子。等她游泳完毕，我把她交给外婆，帮忙看着她冲洗。我去工地上看看敲墙党的情况如何？随后小添写她的作业，我做我下周要去大学讲课的PPT……一切紧锣密鼓地进行着。我和女儿在同一个频率上，她做她的，我做我的，感觉我陪着她，她陪着我。我们做着各自的事情，没有交集，但是同步。可是母亲又开始叨叨：游泳完的头发没有完全吹干，容易生病。

我：头皮都干了，发梢一点点没有完全干透，没关系的。

母亲：她写作文不该直接写在文稿纸上，她只有四年级，应该要写草稿，再誊写，怎么可以直接写好呢？

我突然觉得很生气，好不容易女儿有信心，觉得自己可以做大胆尝试，不打草稿直接写。谁知道母亲是第一个说不可以的人！我直接对母亲吼了起来：考试时候不给你打草稿的，现在能尝试直接写，为什么不能试试？事实证明，她可以，有这个能力的，我们要相信她。你在她面前说这个不行，那个不行，不是在拖后腿吗？你可不可以不要再说了，我教育女儿的时候，你就算不认同，也别出声，别说话行吗？

母亲一下子愣住了，看着我没说话。过了许久她说：今晚，你们不要在外面吃了，直接回家吃吧。

我还是有点气：已经天黑了，回家要好久，会所楼上随便吃一点就行了，回到家里洗啊烧啊的，太累了，能用钱解决的事情，为什么还要折腾自己？

母亲还是很固执，但是声音小了不少：外面流感太厉害了，回到家下点面条就行了。

我不耐烦地说：你跟着我们一起去吃吗？你吃就吃，不吃拉倒。

母亲不说话了。谁知道到了会所楼上的餐厅，我们想吃的菜都卖完了。

我们商量着，开车出小区到经常去的那家菜馆吃饭。母亲没有说话，默默地上车。问她想吃啥，她说随便，跟着你们吃就行了，可是当点的小炒牛肉上来时，她说小炒牛肉的嫩肉粉添加剂加太多，吃起来不是自然的牛肉味，不要给小添吃，不健康……我又一股无名火起来了：问你吃什么？你自己说随便。现在吃了又这个不好，那个不好了！

母亲又沉默了。

回家的路上，车子里异常安静，母亲并未说什么。在等红灯时，我看到旁边有一辆粉红色的车子上贴着超大可爱的猪猪贴纸，兴奋地叫她们快看，母亲和小添像孩子一样把脑袋凑在车窗前，看着那辆可爱的猪猪车，还嘻嘻哈哈笑着里面一定是位女司机。

小添笑着说：好好玩，这两只猪手里还拿着蛋糕！

母亲说：不是蛋糕顶在头顶上吗？

不对不对，外婆你看错了，头上是帽子，手上才是蛋糕！

母亲找了眼镜戴好，看了一会儿才说：哎哟，是帽子，外婆看错了。

我在副驾驶回过头对着小添说：你看外婆为了看清楚猪猪头上的帽子还是蛋糕，现在要动用"家伙"了。

话音刚落，我猛然看到了路灯照耀下母亲斑白的头发，呀，母亲老了好多！突然觉得前面对母亲的坏脾气是多么不应该！

母亲一个人把我拉扯大，让我学画画、学琴、学声乐……好不容易熬到我结婚生子，她也退休了。没有享受退休生活，就把小添带大。其实小添小时候非常难带，她彻夜不眠地照顾。现在小添上小学，我们回自己家住了，她又去帮忙照顾我的姨夫，一位已经在床上躺了9年的植物人。不知不觉母亲已经快70岁了，见到我们的时间也少了。她平时都是一个人在家里，没有人跟她聊天说话，每一次与我们见面该有多开心啊！正因为开心，想和我们多说几句，我还觉得她唠唠叨叨的，太麻烦了。她担心我们流感影响身体、影响工作和学业，才坚持想回家吃，我没有get到她的点，还觉得她管得太多。这个不好，那个不行，其实是她的担心与永恒的母爱！在她的心底，依旧把我们当作需要关爱的孩子！

仔细想想，我俩好久没有坐下聊聊说说话了，最多也就是上下班路上打个电话聊几句。有时候还会因为母亲没有听到手机铃声，错过了通话机会……我却因为自己最近可能压力比较大，事儿多，耐心也被耗完了，反而把最糟糕的情绪带给了母亲。所以，有时候我们都会无意中把最好的情绪给了别人，却留下了糟糕的情绪，理所当然地展现给了自己最亲近、最爱的人！

其实我也在老去，总有一天会和母亲一样，母亲说：这叫一代换一代。

现在我好想给母亲一个拥抱，和她说一声：妈妈，对不起，其实我真的很爱你！

温暖的山

曾经看到过这样一首现代诗——
教师是蜡烛，燃烧自己照亮别人；
教师是粉笔，磨短自己补长学生。
教师的事业在天底下最壮丽，
教师的称号在人世间最可敬！

是的，在我不短不长的人生中，遇到过各种各样的老师，都曾给我留下了深刻的印象。

我的姨妈曾是上海市的名师，1997年高考作文《回声的启示》的满分作文，就出自我姨妈的学生之手。我在小时候一直听说有关姨妈的各种事迹，她有一台手风琴，直接可以拿着这台手风琴，拉着学生们出去比赛，而且一定能获奖；她还曾带着学生参加奥数、魔方比赛，都能夺得第一名；姨妈从小把我带在身边，带着我参加他们的各种活动。我是家里的老幺，掌上明珠般的存在，所以她把很多机会都给了我。

童年，我的作文就是姨妈教的，那时候为了让我写好作文，常常让我"擦花瓶"。我一整天都在"擦花瓶"，擦好了写，写好了擦。我写得不好，姨妈就拉着我耳朵，站一边去思考。若想不出来，就继续去擦，直到写出满意的文章。

写这样一篇文章，通常要用一整天的时间，每一次都是哭着写完的。那时候，只对姨妈布置的作文害怕，其他时候，我还是自信满满，可以过除姨妈之外的任何关卡。

我小时候没心没肺、没头没脑，显得傻乎乎的。也可能就因为这个，在家门口的小学就读时，我备受各路老师的宠爱。宠爱到什么地步？小学一年级在学校单元测验的时候，自由散漫的我，没有做完卷子，漏了最后一道题目，就蹦跶蹦跶回家了……老师看着我前面全对，就差最后一道题目没做，叫了邻居小伙伴通知我，第二天入校就直接去老师办公室。于是，隔天一早，我屁颠屁颠去了老师办公室，才知道自己卷子没做完。在整个办公室老师的注视下，我补完了最后一道题目，老师给了我一个大大的100分，还奖励了我；还有，我在校外参加讲故事比赛获奖，于是就在全校巡回表演讲故事；在那段时间拍照片，我一定是站在C位……就是这样，我光环满满地度过了小学一年级。

谁知由于搬家的关系，我转了学，转到的是一所重点学校的好班级。因为两座学校数学的进度上有着差异，我到了新的学校的第一堂课，居然不知道"阿拉伯数字"是什么？我以为我还在家门口的那所自己备受宠爱的那个小学，直接举手问："老师，什么叫作阿拉伯数字？"我以为我会得到答案，岂料，我被数学老师当众讥笑为"不懂阿拉伯数字的傻瓜"！

我手足无措地站着，迎来的是全班的哄堂大笑。我想坐下，但是数学老师让我站着"好好听课"。就是这一句话，和那一次羞辱的罚站，使得我内心的整个世界对数学这门功课坍塌了，对这门功课信心也被摧毁！

倔强的我没有将此事告诉家长，而是用我的自暴自弃，无声地对这一门学科表达着我幼稚的厌恶与反感，使得我终生被这件事情的阴影所困扰。

然而，我却是我们校长上作文公开课的"御用"弟子，在数学上失去的，我全都在语文上补回来了。于是我进入了恶性循环的怪圈，对于数学老师特别反感与惧怕。

直到后来，在四年级时我们班换了一位数学老师。

她姓马，扎着马尾辫，说话不紧不慢但是铿锵有力、掷地有声，她的眼神坚定有力，只要眼神一扫，似乎就能看到我在想什么。

我很害怕她，害怕她会不会因为我数学不好而责备我。但是，万万没有料到，马老师竟然把我带回她的家，把我在这门功课上的缺失一点点补全。在我的记忆中，她是一位严厉的老师，因为她有着一双似乎能洞察一切的大眼睛。我错了不该错的题目时，她会瞪眼看我，拿着红笔在题目上点一点，再加上一句："勿应该哦！"立刻，我会紧张地如梦初醒。

马老师不会批评我，但是她会坚持到我自己动脑筋将题目做出来。

我记忆最深的一次，是我们都在操场上上体育课。数学考试成绩出来了，马老师到操场上来找我，我以为考得很差，那个瞬间，我的肚子因为紧张而抽痛起来，谁知道马老师走在我身边，告诉我："你这次成绩提高了10分，下次继续努力！因为是个好消息，所以特地来告诉你！"

其实后来才知道，那一次我虽然提高了10分，但是整个班级都考得很好。我的名次还是不太理想，马老师看到我紧张慌乱的那一瞬间，表扬了我，对我来说，确实是无尽的鼓舞！慢慢地，我越来越自信，我代表学校的礼仪队，一次次迎接来学校参观、听公开课的各路领导、专家、老师。从此，尽管我的数学还不是那么地出类拔萃，名列前茅，但是我的自信回来了。

后来，一直到小学毕业，每个周末马老师都会抽时间帮我补课，虽然这个查漏补缺的过程很艰难很漫长，但是我能感受在她的温暖下，我点点滴滴的进步。

小时候的我不懂事，我长大后才知道，那时候马老师是分文不取，无偿为我补课的。一方面她觉得我偏科有些可惜，另一个原因，是因为看着我母亲一个人把我拉扯大，特别地同情。

自从数年前工作后，我一直在寻找马老师的路上。我先找到了家门口小学的语文老师，我的语文老师也在帮我到处打听马老师的下落，当打听到一点消息找过去的时候，马老师因为工作优秀，被调动了。

终于，打听到了马老师的单位，但是门房叔叔秉着安全为上的宗旨，不告诉我马老师的具体行程。谁知道天无绝人之路，我在浦东新区的一个区级教研活动上，遇到了马老师学校的老师，请她帮忙带话给马老师，要到一个联系方式后，带着女儿捧着花，专门去看望了她。

回忆着那时候的点点滴滴，马老师说："真的吗？我都忘记了唉！"

我说是真的，我记得很牢，我妈妈也记得很牢，那时候的滴水之恩，定当涌泉相报！马老师说："其实那是我应该做的，举手之劳。"

马老师的举手之劳，其实是拯救了一个数学上的"学渣"，改变了我的自暴自弃，所给的那一丝光亮，完成了我的自我救赎……

前几天，正好是提出学习雷锋精神60周年，我作为志愿者参加了一个家庭教育咨询活动,遇到了一位三年级的家长,来咨询自己的孩子被语文老师嫌弃,从而反感语文学习的时候,我似乎看到了小时候的我。

在和这位家长沟通的过程中我表示,希望孩子可以遇到一位能帮助他的好老师!

我的答复或许只能解决一时的困惑。我太能感同身受这个孩子了,他跟幼时的我一样,在名校的班级中,被老师放弃,用自己无法与老师和解的态度,表示着对这门学科无声的抗议。而幸运的是,我四年级时遇到了马老师!

我希望这个孩子能在以后的学涯中,也能够遇到一位像马老师那样的好老师。

这是我人生道路上,遇到的第一座温暖的山!

师恩如山（上）

我毕业于新闻系。大学毕业前，班主任和系主任把几位同学推选到中国最大的媒体之一的SMG（上海文广新闻传媒集团）工作实习。

那时候我们系的优秀同学，被分派到当红节目《相约星期六》《新娱乐在线》《老娘舅》节目组，要知道这几个栏目是SMG节目中收视率的王牌。被推选到电视台的学生已经是天之骄子，被推选到当红节目组里，堪称是天之骄子中的"当红炸子鸡"。

或许因为，只有我在简历上写了一个声乐特长，居然把我分配到一个新开的地方戏曲栏目《滑稽传奇》节目组去。那时的我忐忑不安，很想告诉分配安排的领导，我虽然会声乐，但是对滑稽戏和戏曲是一窍不通的！

但是我没有说出口。看着同学们都去找到了各自心仪的栏目组，迅速上岗，多少有点羡慕。

领导跟我说，带你的导演今天不在，临时出去开会了，你先回去吧。

嗯？我愣了一下，好的好的，那么我等通知，不啻被浇了一盆冷水。

到家没多久，电视台来电话，通知我过几天去台里报到。

于是，我按照指定的时间，又兴冲冲地赶过去，在办公室的角落里等待着我的导师来"认领"我。左等右等，还是没有等到我的导师。

等啊等，等到大家都午间休息了，我只能默默听着我的同学们絮叨着他们"上岗"第一天的各种见闻和感受。他们问我：你的导师怎么样？

我说：不知道，我还没见到。

该不会是你的导师不想带你吧，哪里有等了两次，都见不到人的？！会不会是忽悠你？

突然我接到了电话，等挂了电话，我和同学们说：不是的，导师说他临时被叫去开会了，他让我暂时先回家吧，因为他今天不回台里，让我别干等。

导师还是很好的。

他们耸耸肩，有说有笑回岗位了，我背着包回家，等着我的导师通知我什么时候上岗实习。

终于在一个阳光明媚的午后，我见到了正在审片的导师的——背影。对，宽宽的高大的背影，他认认真真地看着片子，那时候我还不知道这个就是他的审片工作。

我静静地等在一边，看着他戴着眼镜，把录像带的某处倒来倒去地看，然后在单子上迅速写好一行字。因为前几次见面并不顺利，所以我担心人家会不会很大牌，难相处，我怕打扰到他，等了好一会儿，我觉得可能是他片子审得差不多了，就礼貌地敲敲办公室的玻璃门。

"请进！"声音笃悠悠地传来，同时他转过了头，我看到了导师和蔼而又敦厚的脸。他微笑着问我：你就是小卜吧？

那时候我还不知道我的导师——张老师是国家一级导演，SMG的首席导演。不知道他是第一代电视人许诺老师的学生，论辈分他应该是国内电视界的第二代大导演；不知道他就是红极一时的大型选秀类节目——《加油！好男儿》的总导演；不知道他就是上海白玉兰戏剧表演艺术奖的评委及颁奖晚会的总导演；不知道他竟是董卿、王汝刚成名的孵化老师……不知道他就是这样的一个电视台大牌导演，出现在我的面前。

导师看上去很和蔼，一点儿也不凶，我在内心为自己的幸运鼓掌……

接下去，我在SMG的生涯开始了。

跟随电视台最大牌，又是少数几位既能导、又能写串联词、剧本的教授级导演，我像一块海绵一样，疯狂地学习着各种课堂上从未学到过的知识——因为新闻系学的都是理论，而我跟在导师后面，学到的都是导演、编导、现场指挥、按照事先策划和撰写好的程序和脚本，奋力执行从幕后到台前的所有工作。

《滑稽传奇》是一个周播栏目，每一周都要录制下一周的节目内容。我亲眼看着张老师从节目内容的构思、嘉宾的选择与拜访，到主持稿的写作，一直到节目的拍摄，后期制作……整个流程都毫无保留地让我参与其中。

有时候还会让我出个外镜。我至今都忘不了家人、邻居、亲朋好友们，候坐在电视机前，看我会在几分几秒出现。

那时候几乎从不联系、不走动的奶奶会跑到居委会，喜滋滋地跟居委会的人说：你们今晚别忘记看电视哦，我孙女——阿三头（我爸爸排行老三）的女儿隽隽，会在电视里出来的。

此时，那些在《相约星期六》《老娘舅》《新娱乐在线》的同学陆陆续续交出通行卡，结束了SMG的"当红炸子鸡"生涯。而我在张老师的带教下，稳扎稳打，把周播栏目的台前幕后学了个遍，摸清了其中的门道。

当然，张老师的实力不仅仅是录制一般节目、栏目而已……

每年的元旦后，上海电视台都会有一个《蓝天下的至爱——全天爱心大放送》直播节目。而且，大都是全国罕见的长度达24小时的超大型节目！

熟悉吧？熟悉！那就对了，知道谁是总导演吗？对的，猜对了，就是张老师！我跟着他从2006年至2011年，年年做《蓝天下的至爱》直播节目。从2007年的小场记，2009年的催场，2010年、2011年的现场助理导演……从节目的所有环节的安排、时间安排、嘉宾邀请等，全部参与其中，张老师毫无保留地把他所有做节目的"本领"（包括设计撰写程序表、串联稿等）都教会了我。

当然，如此大型、繁复的活动，所有过程的发展都不是一帆风顺的。

录像带是电视人的命根子，简单通俗点讲，就是：血可洒、命可抛，唯有带子不能掉。可就是那么重要的带子，失踪了。那时候的副导演说带子是我弄掉的，可是我用好录像带后明明交给了副导演，而那一卷录像带就是没有了。

弄丢带子可视为重大过失，我边找带子边委屈地哭，张老师看到了，问我怎么了？我把事情说了一遍之后，张老师想了想：我是记得有这么一件事，带子是给了的。于是张老师叫来了副导演，说：小卜录像带是交给了你的，你好好找找吧。谁知没过多久，副导演找到了带子，就是因为他觉得是我弄丢的，于是自己没有好好找，才以为带子掉了。后来副导演和我打招呼，说录像带找到了，我不争气的眼泪又掉了下来，一边哭一边跑去谢谢张老师。

我只是个名不见经传的小姑娘，张老师是大导演，明明可以不管这些事情，可是他还是帮我说了公道话。张老师说：擦干眼泪，没有什么好哭的，你看，不是找到了吗？！

做了许多期的栏目，跟在张老师后面，曾一起走访了大明星，如阿Q扮演者严顺开、"女理发师"王丹凤等老一辈大艺术家，还一直和上海京剧院的施雪怀老师、上海白玉兰戏剧奖主角奖获得者何双林老师、上海老一辈魔术家曹翔康老师、上海滑稽剧团国家一级演员徐世利老师等接触做节目。与他们在一起工作，分分秒秒感受来自老艺术家们对后辈的关爱、期待和扶持。

在这一段时间里，我的整个内心世界、格局与认知都有了质的飞跃。

不仅如此，每当我遇到困难了，无论是家里的还是其他地方的，张老师总能用淡定的情绪和平稳的劝慰，把我从焦虑中解脱出来。当然，他还把当我成自家的孩子，比我妈妈还着急地帮我介绍"人生的另一半"。那时候，不知道费了他多少张各种当红明星的演唱会票子和电影票。而我大大咧咧的性格总是很不争气地掉链子，次次都辜负了他的好意，他总是笑笑说：小卜，我们不着急。

其实我不敢和他说：我是真的、真的压根没着急过。

从《蓝天下的至爱》，到国庆60周年的文艺晚会……从《上海市新春茶话会》，到有上海四大领导班子参与的上海市政协举办的中秋晚会……

每一次大型活动只要是张老师做总导演，都少不了我跟在后面屁颠儿屁颠儿学习的身影。现场的各个岗位我全都做过，全都能临时顶包。这一切，都离不开张老师对我悉心栽培、无私教导。

我记得有一句话，说的是：教会徒弟，饿死师父。所以师父在教徒弟的时候就让你自己看，看得会就学，看不会自己悟，不会实打实地把毕生所学都交给徒弟。可这句话在张老师看来是如此狭隘，他真的手把手，把自己所有的经验，都毫无保留地教会了我，以至于离开电视台的若干年后，在疫情猖獗、实行社会封控的时候，我与小区邻居——百万级音响师，共同举办了所在小区的阳台音乐会。对方夸奖我：专业！跟他与张艺谋导演合作奥运会时是差不多的工作模式。这句话就是对张老师的徒儿最大的夸奖吧。疫情封控时，一个大型连锁零食品牌请我帮忙配音他们的公益片，当我在家用手机简单录制了音轨发送给对方时，对方的制作夸奖我专业，都不用大修改，连卡点都很准确……

  这些，都要感谢张老师。师恩如山，我将砥砺前行！

师恩如山（下）

在SMG实习和担任助导、现场导演期间，眼界大开，收益良多。

经历过各种大型活动、现场直播，就会觉得那些录播是个小CASE（事情）。录播可以NG（英语的导演术语，此次拍摄没有通过，重拍），可以重复好几遍从中择优。但是现场直播就不行，直播到一半出错了，不可能对着电视前的所有观众说：等一下，让我来个NG……

其实，大型活动也堪比现场直播。区别就是，电视频道里是同步播放。而有些大型活动的现场，不仅仅是直播现场，还有各路领导们坐在台下观看、体验。所以每一次大型活动都是提前好几个月乃至一年，就开始策划、运作，一直到直播前，都在将各道程序紧锣密鼓、严丝密缝地同步往前推进。一般这样连续的忙碌，要维持到活动正式开始的那一刻。

那个时期，几乎每天要忙到深夜12点多才能回家。人，像个陀螺那样不停地碌碌转。许多表演节目的演员、各路嘉宾进场的时间不同，彩排也经常会缺这缺那。而且，演员们都会有不同的要求。有时候，这个岗位需要顶一顶，那个地方需要人手凑一凑。现场执行导演就是对现场进行查漏补缺，在一次又一次彩排中发现问题、解决问题、预防问题。所以每一天都是精神高度紧张的24小时。有时候没有时间喝水，没有时间上卫生间。在疲惫的时候，甚至觉得睡觉都有些奢侈。

可是我极度佩服张老师，那时候，他年近六十，还是神采奕奕。有时，晚上还开车把我送回家。每天早上，他都会很早就到活动和拍摄现场，镇定地指挥。哪怕我急得跑起来了，他还会笃定地和我说：小卜啊，现在不用着急的。地上都是线，注意安全。那时候我不知道为什么他那么气定神闲？后来才知道，那是他身经百战，基于强大的专业能力所表现出的胸有成竹。

在十几年前，我跟随在张老师身后，第一次参加国庆60周年的大型直播晚会后，我就不禁感叹：大家只看到台前光鲜亮丽的主持人和载歌载舞的演员，却看不到舞台后像齿轮一样在指挥下一环扣一环各部门，还有那位在现场坐镇，有条不紊切割镜头，还在统领全场的总导演，才是整场活动的核心和灵魂。

记得某一届的上海白玉兰戏剧表演艺术奖颁奖典礼，字幕员一职临时缺人，张老师就说："小卜，你上吧，去试试。"

"可是我……"我心里有些胆战，因为我没有独立操作过字幕和字幕机。以前在台里只看过专业的字幕老师使用，有专门的字幕组配合。这一次，我没有任何人支援我，我去做一个陌生的工种。而且剧场里的字幕机和电视台的完全不一样啊。

"没事，相信你可以的！小年轻，聪明的，上手很快的。" 张老师对着我点点头，然后忙其他的事情去了。

我看了下手表，现在是上午10点多，我做现场字幕，晚上7点45分晚会开始，吃饭喝水不能在设备旁边进行，以防打翻，对设备造成不可逆损害。我现在只剩下几个小时熟悉系统和操作，更何况——我傻了，因为还有两个节目的字幕都还没有送来！

核对字幕，除了串稿上的主持词是能够核对掉的，其他表演的节目，有些只能通过彩排才能够核对。本来就有限的核对字幕的时间，又被某些排练中的暂停荒废拖延了。而今天剩下的演员彩排只有一次，不可能让他们重来的啊！

算了，不能再浪费时间了，要尽快开始核对字幕和演绎时间！我按照会场方的导演老师大致描述，在灯光老师旁边，被许多包包堆成山留下的一个狭小桌子上，看到一台黑色戴尔电脑和连接着的若干条电缆线。于是乎，我猜测它就是传说中的——字幕机！

我小心翼翼地推开包山，接上电源，电脑工作了。果然机子里一干二净，印证了就是那传说中的神秘字幕机。

于是，我一个人在那里，独自琢磨字幕机软件，再显示、连通到剧场舞台旁的字幕屏。开始还琢磨出点啥，除了有些演职单位很大牌，没有特别良好的合作精神外，其他节目的字幕基本顺了。其实在彩排的时候，遇到晋剧、京剧、越剧、锡剧……我好些就压根儿听不懂，就算我努力睁大眼睛盯着字幕，也是一头雾水，丈二和尚摸不着头脑地如此这般……没办法，不能在我这里掉链子啊！

于是我就按着唱词，一个个跟着唱段发音，跟着演员的节拍一个个数过去，谁想居然被我跟上了。因为是彩排，没有什么压力，就觉得还好还好，能够胜任，找找错别字、打打节拍、听听戏，遇到熟悉的唱段还能心里哼一下。再加上我刚接触字幕机，操作来操作去还蛮好玩的喏！

到了下午的时候，我跟上了节奏，人也放松了，就渐渐和旁边的灯光师、音响师们都混熟了，他们就问我："小姑娘，你是不是字幕组来的，怎么那么小，还脸生。"

我就很不好意思地说："对的，我不是字幕组的。上午找字幕机的时候，刚来……"

最怕，空气突然安静。

不知道过了几秒，灯光师大叔问："那你做过几次字幕员？"

"第一次，而且从没碰过字幕机，没人教过我啊……"

又一次，空气有些凝固。

然后，灯光师和现场灯光工作人员们用很疑惑的眼神审视着我。

顿时我心里发慌。

他们从牙缝里吐出几个字："导演胆子也太大了！"

我的心"咯噔"一下提到了嗓子眼……

"为啥啊？"我努力从牙缝里挤出这三个字。

灯光师里资历最老、最大咖的那位老师说："就算我们上过手的人员，也不是随便就能上大型晚会，直接做这个的。还是要论资排辈的。有的做了好几年都轮不到。你居然之前没有碰过字幕机！何况，今天上海市市长、中共上海市委宣传部部长、中央电视台副台长都在，你这个如果出错不是开玩笑的啊，你们导演叫你来，不是胆子大，是胆子太大！"

空气又突然安静，我接不上话了。瞬间觉得，脚尖突然冰凉，心里彻底没底了，脑袋里空空一片，内心哭笑不得！——哎哟我的妈呀，我这个是在干吗？我可没吃雄心豹子胆啊！

全场老师都在那里说好多吓唬人的话，什么出了事情对前途有很大的影响咯，领导都在咯，责任都我担着咯，什么的什么的，说得我心里直发怵，满脑子已经不是一个错别字扣50块了，而是干得不好明天别来了……

空闲时间，毛导很开心地对我说："你知道吗，现在都传遍了，说现场执行字幕的是个新来的小姑娘，而且还从未做过字幕员哎！

说你很牛的哎，一上岗就是那么厉害的晚会！……"

说得我心理压力更重了。

于是，我整个下午内心都在七上八下、忐忑不安、心惊肉跳、坐立两难、焦头烂额中度过……

感觉还是有些虚，打了个电话给母亲，就说："我今晚还是有点抖豁，你要不来现场坐个镇，给我壮壮胆吧。"母亲立马赶到会场来，我才稍稍舒了一口气，手抖得不那么厉害了。回想当年，我自己去参加高考，一个人独自去，没人陪着，都没那么紧张过啊！

好不容易到了晚上7点45分，随着开场歌舞的开始，我深吸一口气，那冰冷而又微颤的手在电脑上运动着，全神贯注地投入到整个晚会中去。慢慢地，那些担忧和焦虑都随着聚精会神淡化了。当主持人说完最后一个字，我操作着字幕机显示出最后一句话的时候，感觉一下子松了。人一放松，脑子有点发热，鼻子就酸酸的了。

从头到尾出了小小的一个错误，就是临近结束的时候太激动翻得太快，一句话稍稍提前显示了。总体来说，没捅娄子，错别字也提前改掉了。感觉这是第一次，也是唯一一次没有在张老师的庇护下，自己独立做一件完全陌生的事情，压力真的太大了！

走到观众席，看到母亲还坐在椅子上，原来她接到我的电话匆匆赶来没有吃饭，饿得胃疼了。我带着母亲，跟张老师打了下招呼，匆匆离场，帮母亲找吃的去。在吃饭的时候，我说老妈，这一次顺利有很大一部分是因为你坐在观众席中支持我，所以我才那么安心呀！

母亲听了我的描述后，对我说："一般节目组出了事情，第一个谁担责？"

"那肯定是总导演制片人领导呗！"我因为紧张，午饭和晚饭都没怎么吃，现在全神贯注在吃上，没过脑不假思索地说道。

"傻姑娘,你想过没有,万一晚会真的像灯光师、音响师说的那样出了问题,你们整个导演组谁负责?"

我停下了筷子:"张老师……"

"所以你最该谢的不应该就是张老师嘛!把这个任务放心地交给你,就是对你的信任。真的有什么问题,责任都是他担着的啊!他用他总导演的位置,担着你这个小巴辣子、初出茅庐的小姑娘!你紧张啥,张老师才是那个担风险、最该紧张的人啊!"

我的鼻子又不争气地酸了……

白玉兰颁奖典礼——我在心中默默为辛勤工作的幕后人员颁奖!也为张老师颁了个宇宙超级无敌大奖。好在没过多久,真传来了喜讯,此次颁奖典礼他荣获国家级晚会"星光奖"一等奖!其实跟在张老师后面做的所有晚会、大型活动几乎次次都获奖。印证了他家里满满一橱柜的奖杯和证书——他拿奖拿到手软。

每次大型活动结束,张老师总会放我几天假,让我好好休息休息。那时我和朋友们去云南旅游,当时,导游说第一次喝普洱茶会想上洗手间是正常的,看着身边的人个个都跑去洗手间了,我很开心地说,你们看,我异于俗人吧。结果我把这段子当笑话告诉张老师后,张老师笑着说:谁说你去云南是第一次喝普洱了?你看看你现在手里的茶饼是啥!我默默放下茶针和小锤子,仔仔细细翻来覆去看盒子:云南普洱老寨古树十年老茶……原来我天天在喝价值千金的普洱,有时候还是张老师看我没到,先帮我泡好的,我都喝了那么久还从不给茶水费!每当张老师觉得我火旺的时候,会帮我泡绿茶或者菊花茶,我喝过最好喝的茉莉花茶就是在他的桌上拿的哎!

其实,我从小到大是缺少父亲的关爱,是每一次张老师总是像父亲那般关心我、照顾我，在电视台里，他的存在就像给我套了一个玻璃罩，只让阳光洒到我的世界。

后来由于家里的安排，我到了新的单位，临走时张老师特地把我送出电视台的大门，一路走，一路说："小卜啊，你要记住两句话，一句是：不要用别人的错误惩罚自己；还有一句就是：这个社会不是只有两种颜色，非黑即白。"

当我在新的单位做得不顺了，被欺负了，哭着打电话给他时，张老师直接冲到我的单位以电视台的名义，其实是自己花钱买的物资捐赠给我们单位，对着我的领导说："小卜是个好姑娘，在电视台表现优异，我是不肯放她走的，你们要好好珍惜啊！"

然后他来到我身边跟我说："我这里的大门永远向你敞开，想回来就回来吧。"

我好不容易止住的眼泪又不争气地回来了，而且更止不住了。

细想，那时与恩师的分别不是结束，而是新的开始。听说我恋爱了，张老师连忙把陈先生叫到电视台里聊聊，要替我好好把关；我结婚安排在五一小长假，提前一年订酒水，怎么都订不到，结果连酒店都是他帮忙搞定的；我结婚的时候，他做了我的证婚人，还推荐了土耳其作为我们度蜜月的地方……

他作为长辈，一路看着我女儿小添从出生到长大……恩师不仅像明灯一样指引着我，教我专业知识，更像自己的长辈，循循善诱地谆谆教导我，教会我怎么做人、怎么面对困难、怎么调整好自己的心态、怎么更好地规划自己的人生。

师恩如山，如同父爱，伴随着我继续走着我的人生。

（三）今昔风影

小小的关爱，大大的幸福

女儿一定要赶在空客A380退役前，乘坐一次内设两层楼面的飞机，而且强调，要乘上面的座位。正巧，我也准备去美国看望自己的小姐姐和老爸。

网上一查，南航有几架A380机型，正好有飞美国的航班。但都是在广州白云机场起飞……于是，我们定了A380上面一层的机票。没办法，只好从上海坐飞机赶到广州白云机场，然后换乘A380去美国。

我跟女儿说，我们要去看小姨妈了哦，小姨妈小时候和妈妈在一起长大的。

女儿问：小姨妈不是在美国吗？

我说：以前在中国啊，她结婚后去了美国。

女儿问：那么姨妈婚礼我去参加了吗？

我回答：没有，那时候你的爸爸还不知道在哪里呢……

我自然而然地回想那时候姐姐在游轮上举办的婚礼。他们确实很幸福，很HAPPY。尤其是看到姐夫关爱姐姐的每一个细小的动作，就知道他们彼此有多么深爱。

新郎在给新娘戴上钻戒的那一刻，姐姐的披肩滑落一点，姐夫没有拿戒指，反而先帮姐姐把披肩拉上。姐姐每次提裙，姐夫都会上去搀扶。姐姐每次上台阶，姐夫都会立马上去扶一把……一个个细微的动作就能够说明一切。他们的爱都是由心而发，很幸福、很恩爱。

我有三个表哥，那天一直跟他们在一起，好久没有见到哥哥们了。我有点像个跟屁虫，屁颠屁颠地跟着他们在游轮三楼的甲板上跑。看着外滩璀璨的灯光，我对嘉嘉哥哥说，小时候到你们班级来讲故事，我是一年级，你在二年级，我讲完了故事，然后你自豪地说：你们看，这是我的妹妹！我瞬间觉得有哥哥真好啊！有一天，我看到有小男孩欺负我哥哥，我立即跑过去，直接大声对着大孩子喊：不准欺负我哥哥！后来看看敌不过对方，就冲出重围，找到了我爸爸，来不及解释就拉爸爸去帮助哥哥。

这样小的事情或许哥哥已经不记得了。但是小时候就因为他一句：这是我妹妹！我就开始觉得那是我的家人。

后来很多年不见了，现在见面，大家都已经不是小时候的样子了。但是在哥哥们的身后的感觉真好。

婚礼结束后，跟猫猫哥哥在回家的路上说了很多小时候的事情，才发现我和嘉嘉哥哥同在一所小学，与猫猫哥哥却不是，奇怪了，家住在一起的，怎么学校就不一样呢？想想小时候在一个大院里生活，一起调皮捣蛋，一起吵吵闹闹……真想回到从前的快乐！

婚礼结束，回到家很晚了，还是有些兴奋得睡不着。半夜在电话里，跟朋友叽里呱啦说着婚礼上发生的事情。姐姐丢捧花的时候，忘记游轮上有遮阳棚，谁知道她太用力，捧花一扔，就丢到船顶的遮阳棚上，我们仰起头等待着捧花从上面掉下来。

姐姐回头，莫名看着我们问：是谁拿到捧花啦？

婚礼的司仪开玩笑地提醒姐姐：新娘请注意，丢捧花不要太用力，下一次别再丢到遮阳棚上啦！

大家哄堂大笑。到最后伸长了脑袋和手臂，还是没抢到捧花。

搞笑的事情还有很多：才小学三年级的侄子因为好奇，偷偷喝了一杯香槟就贴在船舱外的玻璃上晕乎乎地直打转。我眼看着不太对劲，秉持着人道主义精神顺手把他牵了回来。

其实，我那时候是想挖一块结婚蛋糕上的奶油，去抹到哥哥们的脸上。不过遇到了喝醉的侄子后，先去管了此事，一转身，就忘记捣蛋的事了。

妈妈说，看着姐姐结婚仪式，她感动得快要哭出来了。

我说，又不是你嫁女儿！妈妈说，看着就感动。我说，那等我嫁出去的时候，你岂不是要哭成黄浦江了？！

谁知说得太大声，看着亲戚们看我的眼神，我只能尴尬地摸摸头：嘿嘿，长辈们，你们说下次会喝谁的喜酒呢？应该不会是我的吧？谁知道这话越说越把自己往坑里推，于是，被长辈一个劲地"教育"，虽然有些头大，但是我还是感受到来自长辈们的暖暖关爱。

就像小时候，他们看着我、呵护着我长大一样，时隔多年未见，亲切依旧。

其实，我们一直接受着来自身边的人们给予我们的关爱，感受着这些小小的关爱，带来的大大的幸福感……

谁说这些小小的点滴，就不是大大的幸福呢？

现在有了自己的家庭，有了女儿，何尝不是大大的幸福呢？

回归的邻里之情

20世纪90年代以前的上海人,大多对弄堂里住些什么人,他们叫什么名字,每家发生些什么大事……一般都了如指掌。大家见面,都会打个招呼。一家有难,多家帮助,几乎成为传统。

改革开放以后的这些年,绝大多数人家经济条件大为改善,住进了新房子、大房子。但新的邻居之间互不认识,绝少来往,也是司空见惯。

疫情已近3年,渗透在了一千多天的四季,居民们常常处于对未知病毒的恐慌之中。

应该承认,人类在自然中有时候显得非常脆弱,脆弱到面对病毒常常束手无措。花草树木乃至动物都能如常生长,可人们只能关着门窗,将自己在家隔离起来,用宅家的方式来避免病毒的侵袭。

相信大家都记得,2020年初,武汉暴发疫情的时候,看到的是一连串骇人的数字和面对这个未知病毒的强烈恐惧……那时候"新冠"两个字,如同恶魔撒旦那样令人害怕。提起它,大家都会立马想关起门来进行躲避,似乎任何一道缝隙都可以成为它得以传播的帮凶。时间似乎变得静止,已知的防病经验都变得毫无用处,也没有想出任何新的办法去消灭、阻断它的传播。谁知道两年后，上海也被新冠病毒所沦陷，这座城市瞬间被按下了暂停键。大家都只好在家里办公，孩子在家中上网课，衣食住行被困在了区区几公尺的方圆之地。

大清早，就被楼下大喇叭叫着"做抗原！""做核酸！"的吆喝声惊醒。工作的对象，也由学生、同事变成了电脑及手机。许许多多繁杂的事情都在电脑与手机中解决……

感觉因为疫情在家，似乎减少了一些不必要的繁文缛节，简化了工作内容，不禁赞叹原来有那么多的程序都是可以精简的。还有，那么多的所谓工作其实是在浑水摸鱼，此次顿现原形。当然还有许多是必须在现场，不能通过网络解决的事情。也可以预测到，今后AI所能取代的一些职业和不能取代的职业了。这是不是如古人所说"塞翁失马，焉知非福"？

其实疫情中，我才比较透彻地了解了所居住的小区，在小区里住了那么多年，只有在这一次疫情中才真真正正地知道了我们小区门牌号的分布。不仅仅是物理环境，还有小区、楼栋的人文环境。疫情之下，许多的东西都可以靠邻居之间互相帮忙加以解决，如，谁家的酱油没有了，谁家没有葱姜蒜了，谁家没有洗洁精了……在各大App瘫痪的时候，只有仰赖各路团购维持着生计。一直到现在，还保存着各种自发组团参团，保障物资供应和各种家政服务等的微信群。

感谢老天！频繁地排队做核酸，领取抗原试剂盒，竟使我认识了整个楼道内的邻居。一开始大家还是很拘谨地保持着距离排队。在封控的一个多月内，大家都彼此熟悉了，知道哪一家有几个人、怎么称呼……有点像回归到四十年前上海的旧弄堂和老宅院！擦肩走过也不仅仅是点个头，或者低头看手机了，都能亲切地唠嗑几句。花了一个月，认识了在楼道内许多年擦肩而过的邻居，这算是钢筋水泥堆砌起来的大都市中迅速增加的一丝温暖！

疫情中的物资是集中到小区门口的，大家也会时不时地出去拿东西。跑来跑去的过程中，也会有好心的邻居帮忙捎带东西，让你减少跑的次数。有时候参加的同一个团购货物到了，去领取的邻居会把自己楼栋的，甚至是附近楼栋的东西都一起带回来，还挨个叫了下楼拿。整个小区的氛围都是暖心的，楼道里也似乎回到了儿时弄堂那种融洽氛围。铁皮围墙的隔离，使得小区外面格外沉寂，与之形成鲜明对比的是，小区里由于疫情涌现出的各种互相帮助的热情！

在这次疫情中，所有的人都在发挥自己的价值，有些成为了"团长"，专门对接各种生活资源；有些义无反顾地成为了志愿者，参加小区的各项抗疫工作；而我误打误撞地跟另外几位邻居，一起为小区策划、筹办了一次网络音乐会。我们用着最简单的电脑，没有任何专业设备，就靠着几个App，几台电脑，花了几个日夜，举办了一场整个小区大家都十分期待的音乐会。

对于社会而言，可能我在家里发挥的作用和价值并不高，但对于小区的居民而言，由于我曾在电视台担任过助理导演，我的特殊价值很快被大家发现和认可，我也义无反顾地跟邻居们一起策划、组织了这场小区音乐会，还成为了活动的主持，让小区居民在最严重的疫情压抑下，放松和欢快了一个多小时。

大家通过这次"阳台音乐会"，可以追溯童年的记忆，回想往日的岁月，可能对于我而言，几个日夜的付出是值得的，同时还认识了一群志同道合的邻居。说认识，其实还是"不识庐山真面目"，因为在疫情笼罩之下，大家都不能脱下口罩。这真的很遗憾，也很无奈！于是大家彼此开玩笑说，以后脱了口罩就不认识了。或许，一定要重新戴上口罩才认识。

  渐渐地，整个小区的氛围越来越好。大家明显地可以看到楼道中原来低着头擦肩而过的人，现在都能抬起头来热情地打着招呼了，彼此能够熟练地记住做核酸的时候，哪家人家有几个人？还有哪家的谁没下来？大家见了面都会互相寒暄，甚至有些邻居还会围着花坛，感叹一楼的邻居种的葱、蒜、香菜长势如何如何……

  慢慢地，等待核酸的队伍减少了很多抱怨的声音，多了很多温暖的沟通。

  忽然发现，迎春花开了，意味着冬天就要过去了，春天还远吗？

阳台音乐会

不知道什么时候疫情中流行起了小区阳台音乐会？

听说，这个跟团长"团、团、团"的房价保卫战有关。谁家的音乐会热闹、高大上，就彰显了小区的Level与房价的捍卫。其实我个人感觉就是在家闭环太久了，大家想折腾点花头集体K歌high一把，找点乐子。

阳台音乐会，前段时间，在其他小区都搞得如火如荼。而我，开始对此是不屑的。虽然理解，大家对外部世界的向往受到了压抑，只能通过阳台音乐会来发泄一下。这项活动承载着整个小区对于疫情后美好生活的期待和憧憬。但是，对于个中的风险，大家考虑过没有？邻居们打开窗，摘下口罩，跟着音乐节奏唱着自己喜欢的歌，飞沫就会往下坠落、飘浮，极容易引起疫情的扩散和传播……

因为年轻时学过声乐，所以我也明白，如果戴着口罩唱歌，那分分秒秒都会感到窒息。

其实就是在上网"团、团、团"的过程中，偶尔看到一个团中，大家在热烈商量着想开阳台音乐会。牵头的是西葫芦团长，她正在召开着网络会议。而我，正好在团里想刷一下有啥好吃的，手一滑，点了进去。听到他们正在热火朝天地商量着怎么样举办演唱会的时候，自己的专业知识似乎被激活了。虽然，自己将此已经尘封了十多年。但是随着大家的热议，那些早已熟悉的场景，又慢慢地浮现在了脑海。仿佛瞬间回到了十几年前，初出茅庐的小助导出现在SMG大型活动晚会的现场……于是聊着聊着，我自然而然地融入了这一次演唱会的筹划会议。

小区中那么多邻居都翘首以待着。音乐会的整个活动当然需要几个人来牵头组织，有些邻居是心有余而力不足，有些邻居不想动弹，只想一起来唱唱就行。我们抱着自己的笔记本，甚至是手机……没有专业的设备，场景的切割，要靠嘉宾用手机共享屏幕来完成。找了一个网络会议软件，定下了直播的平台和主场，其中还有一些曲折的故事，但是最终是营造了一个（欢乐的夜晚）。

演唱会终于在五一假期中轰轰烈烈地开始了。

演唱会开始的时候，看着顶楼的邻居们坐在露台上，航拍机"嗡嗡"地飞着，荧光棒、手电筒、手机灯在闪烁，宛如点点繁星。邻居们都热情地参与了进来，有的邻居拿出了蛋糕上的烟花棒烘托气氛；有的在阳台上拉起了灯带；有的打开越野车的探照灯在小区里巡游，用灯光造势；还有的邻居把音箱搬到阳台上，外放给家里没有设备听演唱会的老人们，让他们一起来聆听……

整场演唱会，只有一首红遍神州大地，而我从未听过，一听就爱上的一首歌——《孤勇者》。

疫情中，很多人都觉得大白们就是孤勇者，志愿者们就是孤勇者。其实我想说，他们都是勇者，但是他们并不孤独，就像我们小区的志愿者团队，有许多志同道合的人一起奋斗着，他们不是孤勇者，他们并不孤独。

演唱会照顾到各个年龄段，40、50后给他们唱唱《东方红》《珊瑚颂》，80后唱唱小时候动画片的歌，00后、10后就是"听我说谢谢你"……给封控在家过生日的邻居，一起唱唱生日歌，互动留言送送祝福，就这样一个多小时落下了帷幕。

你说过瘾吧？肯定不太过瘾。可是，在根据疾控中心指令，居民足不出户的情况下，举办这样的一个多小时的演唱会，就非常难能可贵了。老老少少唱到了自己熟悉的或是喜欢的歌曲；志愿者的视频提升了小区的人文建设和集体自豪感；大家网络上留言自己对疫情快点结束的期待；有的对素未谋面的志愿者表示深切感谢；有的对着自己的爱人和亲友送去衷心的祝福……看着小区业主群里的视频、照片、各种角度如潮的好评在刷屏，感觉自从烟花禁令后的除夕似乎都没那么热闹过。

疫情中失去了一些自由，收获的是回到儿时的那种邻里关系，小区里孩子们很多来自不同的学校，慢慢地同龄人一起玩了，不同于以往的是大家都不做灰姑娘，不用卡着点回家做作业了，小区内因加强了交往和联络而变得充满活力和温馨。

此时的上海鸳鸯锅模式已经远近闻名。某种程度上觉得那些天上海停摆了。肉眼可见的客观事实是选择性停摆了。但是，有些心灵的交流却意外地在不断地传递，其中，最值得记住和珍视的就是——爱。

我的"好好学习"

疫情中要利用好比较宽裕的时间,好好学习。

好好学习?有人可能会觉得好好学习,就是在停摆的时候,认认真真地沉淀自己。泡一壶茶,看一会儿书,听一会儿音乐,把所有的喧嚣都抛到脑后。

以前,天天在上班,大多情况下奔波于两点一线之间,没有办法让自己静下心来。现在,趁着疫情,自己所居住的小区被封控隔离之际,从平时繁杂的世俗的事物里抽身,静下心来,让自己保持一个学习的状态,让自己看更多的书,以便走好走稳更长更多的路。

其实,经历过疫情的人都会知道,作为一个当妈的,就是要不断地去"团、团、团",才能确保家庭的正常运作。但参加各种各样的团购,也挺烦的,一会儿这个快递到了,一会儿那个生鲜放在门口了。团长总是很无奈地等着让大家快去把团购来的货物拿掉。

说实话,不断"团、团、团"的后悔,是自己充斥着对环境和前程的不确定性和不安全感的担心。于是,便会买许许多多的东西囤放在冰箱里。尤其是,有时候想要这个东西,却没有了,怎么都买不到。当某种货，大家都觉得短缺的时候，我会囤得更不遗余力。但出乎自己意料，可乐（年轻人称之为"肥宅快乐水"）居然成了食物链顶端的硬通货，可以在邻居之间非常方便地与万物交换。

如果家里有上网课的孩子，那么也是一个鸡飞狗跳的过程——开网课、直播、拍作业、交作业、订正作业、再拍作业……感觉所有老师处在鸡飞狗跳的窘境之中，看着女儿的班主任，上了一会课，突然自己被叫下去做核酸了，接下去就是全班40个孩子陆陆续续下去做核酸了……一会儿副科老师又去支援方舱医院了，就要让班主任来顶课了……偶尔听到网课课堂里老师一声吼：好好上课！

其实，麻烦的事也接连不断：英语老师找班主任告状了，数学老师找班主任告状了，班主任到直播中来叮嘱、告诫了……疫情严重的那些天，每一天都在惊喜和惊吓中度过，感觉班主任老师一直在崩溃的边缘游走，深深感受到了老师的不容易。

好好学习，成为了所有父母教育孩子的口头禅，但实际效果存在差异。好在我女儿很踏实，几乎不需要我管作业和盯她上课，能自己管理好自己，偶尔还能帮我们弄个早饭，切个肉糜、炒个蛋啥的。

我在疫情中的好好学习，其实也是一次自我历程的蜕变。对于在一线工作了那么久的人来说，几年前的某一天突然之间，热血沸腾，怀着雄心壮志，去报名参加DBA面试，听着安泰教授的金句名言，与一群老总、学霸谈天说地，跟事业女强人们一起分享人生感悟，享受来自生活的美好……但是没有想到，两年后在疫情中，恰恰就是写论文，变成了最折磨自己的事情。头脑热的时候觉得读博士这是一件很快乐的提升自我的过程。一开始摇着大旗，血脉偾张，总觉得世界上没有任何事情能够难得倒我！这是一场中年奋斗必经之路！我无所不能，你看我自带知识的光环！似乎在读博士让我脚底生风，迈着六亲不认的步伐，走在交大的校园里进行着淬炼。但慢慢地，慢慢地，当自己的惰性和无知，被严酷的现实凸显的时候，却发现，哪怕在撰写论文时多挤出几个字，也是要经过深思熟虑的。而所谓的深思熟虑，就是要不停地停下来思考。对，就是要不停地停下来思考！

拿起手机想查资料，却不小心点开团购，看看货到了没有？……团购到了，就冲出去拿，顺便帮着邻居一起带。或者帮团长一起分发。团购没到，打开小红书刷一刷，这些食材到了以后能怎么吃？……猛然觉得自己太颓废了，于是自己便变得首鼠两端起来，——放下手机，索性翻阅文本查找资料吧，又对现在自己列的提纲不满意；重新列提纲了吧，又不停地停下思考……好不容易挨到夜深人静，重新建构逻辑框架，猛然发现已到凌晨2点多了。我想睡觉了，中年人的体力已经支撑不了我的CPU高速运转了。有时候觉得自己后悔，为什么没事找事，偏偏要给自己找一件那么难的事情去做？

跟自己的钢铁姐妹花吐槽，好在久经考验的钢铁姐妹花戴戴和娜娜很给力，一直在不断鼓励我。最后的心得就是：论文一定要一段时间封闭自己静下心来写，最好抛开吃喝拉撒，就把自己丢进图书馆，让自己静下心来，安静到打个喷嚏就会觉得打扰到别人拿起手机看到埋头苦读的周围人，就觉得自己是如此罪恶的状态……

可封闭期间基本上无法去图书馆查找资料。算了算了，就在书房里待待。跟老公说好，你要督促我；女儿也每天对我灵魂进行拷问，妈妈你的论文写了吗？

人嘛，总要为自己的一腔热血埋单的。就在昏天暗地中，我将博士论文就这么怀揣着：我的论文就是我的宝，我就凭着不许你说它不好的心态，居然答辩过了关！当然少不了我理性的学霸老公在一边帮助我。思来想去，这位格致朋友在家庭地位中还是占有主导地位的。特别是给我学习创造尽可能好的条件，还常常陪伴我学习，乃至代替我去盯着女儿学习……

我终于明白了闺密笑着对我说的那句话——以后她的孩子一定要找个学霸当对象！

是的，这句话总结得多理智，多到位！说是"至理名言"也不过分。

好好学习，现在还没有天天向上，但是至少解脱了。

不用写论文的生活真是美好！那就好好享受生活吧！

小朋友们

毋庸讳言，在疫情中，方方面面大家都有很多损失，然而，我们也收获了很多。

孩子的爸爸收获了更忙的工作；我搞定了论文，通过了答辩；女儿小添顺利成长，还收获了一群好伙伴。

疫情中，大家能看到，小区里的小孩子由于增加了来往，小朋友圈比平时扩大了许多，因而孩子们银铃般的欢声笑语可以持续到很晚。住在中心花园边上的居民，不得不在业主群里呼吁小朋友们早些回家休息，不要影响第二天的网课。

都说现在00后和10后都是崛起的新一代，作为早先的85后的思想，显然已经无法跟00后、10后顺利接轨了。看着一个胖墩墩的小男孩在广场上在练习跳绳子，一会儿练双脚，一会儿练倒跳优哉游哉。

我想让他成为我女儿的榜样，来带动不主动跳绳的小添一起跳。

"小哥哥，你好厉害啊！"我一上来就想用"彩虹屁"夸夸他，去撸一撸小哥哥的顺毛，故意把他捧捧高。

"那是当然的，我一分钟能跳400个！" 小男孩自豪地回答。

"你几年级啊？那么厉害？"虽然我对400这个数字有些怀疑，但是我不能低估一个可能是绝世高手的小朋友。坊间都在说，高手在民间。

"我五年级，阿姨，你家的小孩子几年级？"

"三年级……你跳绳好厉害，能不能给妹妹做做榜样？"

"好的。"

于是，我打开了手机计时器，我还在担心400个我会数不过来，万一人家是200个双飞，阿姨有些丢脸……

小男孩跳了第二遍，我就发现按这节奏，400个那是不可能的事。但是秉着尊重别人的精神，我还是等他跳完鼓掌。

他一脸认真地问我："阿姨，我跳了几个？"

我笑着回答："挺多的，83个……"

其实小添在一开场看了一眼就走了，等到她骑了一圈滑板回来问我：几个？估计没我多。得到答案后一溜烟地又滑走了，空气中留下她的一句话：我一分钟都能120个，我比五年级厉害，不用练了……

"适得其反"这四个字，默默送给我自己。

接下去的谈话，让我觉得更不能小瞧现在的10后了。

小胖胖拿着绳子，跟几个骑着自行车的男孩女孩中的某一个男孩打了一下招呼："Hi，你也下来玩啦？"

旁边一个女孩可能是第一次和小胖胖见面，直接说："你是什么学校的？我是JPX的。"

小胖胖说："我和他是一个学校的，SHD的，否则我干吗和他打招呼。"

女孩说："那行，那么我们可以一起玩。"

我在一边有点汗，名校的孩子出来都那么牛吗？连玩伴也要经过"择校"的……

这时候我家的傻憨憨和另外俩小伙伴滑了板回来，加入了聊天队伍，那个女孩一脸严肃地说："你们三个是什么学校的？"

小添很实诚地回答："我是LWSY的呀，怎么啦？"

"你呢？你是什么学校的？"她对着另外一个小朋友发问。

那个女孩子也是一脸蒙，"我是JYSY的。"

"哦，有实验两个字的都是好的，那你呢？"她问最小的那个女孩子。

"我是LY小学的。"

"哎哟，门口菜小的，你不能和我们一起玩……"瞬间感觉这个最小的女孩子一下子要哭出来了："LY小学到底为啥不能跟你们一起玩呢？"

好在，我女儿平易近人，她跟另外一个JYSY的女孩子拉着最小的LY小学的女孩子玩去了，我们仨姑娘的妈相视一笑，似乎都在说：我们的孩子还是很单纯善良的。

"道不同不相为谋。"我脑海里瞬间跳出来这一句话。

回到家里，小添很不理解为什么LY小学的不能和那些哥哥姐姐一起玩？为什么LY小学是菜小……

我解释了好久，女儿嘟囔着说：再好的学校五年级学生的跳绳，还没有我三年级的跳得好。不都是小朋友么，一起玩不是很开心的吗？我觉得，又不是考试比赛，还要分属于什么小学的，才能一起玩。

我说是的，说不定等他们长大了或许会改变，又或许只和985的玩了，于是我又解释了一通什么叫985和211……

很庆幸，自己的孩子还是很单纯的，她没有用势利眼去看别人，与人为善是很重要的。

我也发现，其实孩子们也有气场，他们有他们的交友舒适圈。有些孩子是依附在强势的孩子后面；有些是喜欢自己占主导地位的，一旦发现有反对的声音，就把反对自己的人划出自己的社交圈。

单纯的人还是跟单纯的人一起玩，当然，他们之间肯定也会有摩擦，但是，孩子之间的事情，只要不涉及动手打架或者出安全问题，那就让他们自己去解决吧。

我问小添：你和她们玩会不会有不开心的时候啊？

她说：我倒还行，她们俩偶尔会不开心。

我继续问女儿，那她们不开心了你怎么办？我有点担心，万一女生之间遇到不开心，是会让其他人选边站队的。

我嘛？我就劝她们呗，不过一会儿她们就自己和好啦！

我舒了一口气，孩子嘛，总会用自己的方法去缓解矛盾的。

最搞笑的就是小添很神秘地告诉我，小朋友们在微信上聊天有"秘语"，只有她们自己知道，问她我能不能用你们的秘语举个例子？她一口回绝：不可以。我估计就是XSWL，YYDS这种，或者787，87，7这种……她还会悄悄告诉我：×××的爸爸在早上五点悄悄进入她们的微信聊天群……有一次她拿着手机和我分享小伙伴们做的手工，无意瞄到一眼wmzlsp……我对着这串代码，到现在还是一脸疑惑。

10后的小朋友们真的，MLH的！

新词汇

这些年,常常有新词汇诞生。而且都有这样一些特点:一,基本上产自网络;其次,全部由年轻人创造;第三,一旦面世,其传播速度快得惊人,甚至为全民所接受。比如"阳"这个词。

以前这个词是汉语常用字,最早见于甲骨文。会意字兼形声字。字义与山有关。其本义为山南水北朝向日光的地方;一说本义是指高处见到光明的地方,或高处阳光照得到的地方;后引申为日光,日头;又引申为有光的,光亮的,明显的,外露的,可见的,凸出的;又引申为公开的,明显的等意思。"阳"也是中国姓氏之一。近代,此词竟与疾病的化验结果有关,但往往需要在它后面加一个"性"字,才能让人明白它的意思。好了,这两年的中国人节约到这种地步,把新冠病毒化验确诊的结果,竟然以 "阳"单个词一言以蔽之。很快传遍全国。更有许许多多的人,将"阳"字,又变形为绵羊的"羊"字,虽然匪夷所思,然而人人皆懂,你说怪不怪?

在2022年年底,而立之年的我,居然也被这个词所侵扰。

那日起床,我顿感不妙,思前想后,觉得身体有恙,感觉中招了，连忙打电话给队友。

我：喂，老公，我感觉不太妙，启动隔离模式……

队友：你是幻阳吧？！

我：不，我整理东西，你午休来接我。

驱车又双叒叕跨过南浦大桥，一路鼻涕，咳嗽像偶像剧里的女主，一咳嗽，丝绢上印出鲜血，哦不！是痰……只要一咳，痰就像生化武器，随时可以冲破口罩。扮演黛玉毫无违和感。感觉不适，我就连忙做了抗原，结果为阴。去核酸亭做核酸的时候，申请单管。人家猜想我在发烧，就不给做核酸。好在我做核酸的时候未发烧，所以，几经商量，给我做了个单管核酸。结果未出，只能慢慢等待。

回到家里，我问队友：电子体温枪在哪儿？

队友：带去浦东了唉！我忘记了……

我：队友！够意思！

于是我颤抖着冒着水银体温计随时被咬断的风险，看着水银柱抖到38摄氏度……

队友还在一边碎碎念：你今天晚饭想吃啥？

我一头雾水：你为什么问我晚饭？我午饭都没有吃！

队友一脸的惊讶：啊！为啥？

我：你那亲爱的丈母娘恨不得直接把我踢到外太空……

队友：我去帮你买水饺！

好在当我最苦难的时候，队友发挥了最大的价值。热气腾腾的水饺送来了，看我有胃口吃，队友放心不少，他立马赶回去上班了。我舀起了热气腾腾的水饺，一口咬下去。啊，真暖啊！让我感受到了来自队友的可靠安全感。

可是我又突然抑制不住地开始咳嗽，可能因浓浓的辛辣味引起。我翻了翻汤料，嗯，亲爱的老公，依旧记住了我的喜好，在碗底放了一把我爱吃的新鲜小米辣椒段……

于是我就地cos了一把喷火龙，然后我顺利地听到了进阶版宝娟嗓：那是一种压迫着胸腔，灼烧着喉咙气若游丝地挤出一个个字来的悲壮……

现在浑身像在冰窖里，除了脸是烫的，脑袋是烫的……其他都是冰的……具体症状如下：

1.我个人的症状就是呼吸时有灼烧感，胸闷，气短，咳嗽。鼻涕堵住鼻子，只能靠嘴呼吸。

2.脚特别冷，需要电热毯和热水袋。

3.脑子慢，行动、思维慢，感觉自己好像变成了《疯狂动物城》里的树懒。

4.喝了水，但是不想起来，上厕所动不了，包括柠檬茶在门口也不想去拿。

5.额温枪、耳温枪最好，千万不要用水银温度计，除非额温枪和耳温枪不准。因为感觉使用有危险，随时会被自己咬断。

6.有投影仪的，可以利用一下。这个时候可以转移注意力，来缓解浑身的难受。请把投影仪对着侧墙。无法仰卧，只要一翻身就会出现一层鸡皮疙瘩。

7.隔离的地方，请提前囤东西，否则就是弹尽粮绝的悲哀。因为此时真的是手无缚鸡之力，不想拎任何东西带过去。

8.垃圾桶就放在旁边。如果家里有痰盂就放边上吧。反正痰盂这东西我已经来不及买了。

写出这些文字，已经花费了我几个小时了。感觉自己的脑子已经迟钝，手已经跟不上脑子的支配。想做的念头有很多，但是身体就是不想动⋯⋯不行了,我默默幻想我在马尔代夫的沙滩上度假,但其实我在北极冰面上,脸搁着铁板烧。

发高烧的记录

昨天，一个晚上，我都是水泥鼻，只能靠口呼吸，觉得空气冷到脑壳发疼，不能深呼吸，就慢慢呼吸，自己憋自己，整夜都在迷迷糊糊中度过……

高烧发到39摄氏度，队友有些着急，塞了两粒泰诺在我嘴里。我发现有点过量，所以吐掉了一粒。在唾弃掉的一瞬间，我觉得有些心疼——毕竟现在此类药是非常珍贵的啊！然后，我不想动弹，也不想去抖甩含着水银的温度计。估计自己的体温徘徊在38.5摄氏度到39摄氏度之间。

听说新冠有各种各样的症状，比如有的孩子曾经是学渣，自从得了新冠，半夜里一点还在坚持做作业，不做完不肯睡觉，勤勤恳恳，这是985株；有的只要看到吃的就呕吐，更别说吃下去了，只要一吃就吐到天翻地覆，这个叫减肥株；有的喉咙像吞刀片，浑身搁在刀山上反复按压、摩擦、滚钉板，这叫刀片株……大家还在群里笑着为孩子接一个985株，谁家有985株重金酬谢，直接把娃打包送来。看着别人家的娃奋发图强的样子，觉得无比期待来一个985株。至少老母亲万一倒下了，娃就能自己好好做作业。

至于我自己嘛，要接一个减肥株。听说最高纪录——3天减肥5斤，一周减10斤。那么好的事情，一定要落在自己头上。尽管听上去有些残酷，但是阻止不了爱美人士减肥的拳拳之心。有人说我得的是码字株，看着我阳了，还能写那么多字，一定是症状不厉害，或者病毒打开了我的天灵盖，让我文思泉涌。

谁知我得的是干饭株。在哎哟哇啦的同时，满脑子的潮汕牛肉锅——我要三花趾还是五花趾？三文鱼刺身，还要加点辣蛤蜊；其实章鱼腿刺身也不错；对生蚝也有点馋；就是在自己家吃的调料已经清空了，没法做生蚝蘸料……唉，满脑子吃的，各种美食佳肴在脑海里像放电影一样纷纷而过。

队友被我唠叨得于心不忍，想着生病不能吃生鱼片，好歹章鱼腿刺身是熟的，居然为我搞到。于是，我吃到了心心念念的章鱼腿。想着我还爱喝汤，他还捧了个大锅，跑两次去拿了楼下"阿莫林白斩鸡"的鸡汤，想着要么弄鸡粥，要么鸡汤下面给我吃。

顿时觉得队友着实可靠，以后老了要不要帮他拔管还有商量余地。不怕他先拔我管子了。患难见真情，在这个时候，就发现还是能同甘共苦的。

在阳的时候码字株总是跳出脑海，记录到人世间第一次阳的种种感触——

1.少说话，一说话就咳嗽没力气，一说话就宝娟嗓，开口没几句，就能咳到地老天荒。

2.味觉打了一定折扣，"阿莫林白斩鸡"蘸料淡而无味，章鱼腿蘸了芥末酱油，连嘴唇都觉得有点刺刺的，但是口腔里却没啥感觉。好在芥末让水泥鼻通了一点，泪流满面还是有用的。一旦味觉打了折扣，嗅觉其实也打了折扣。反正现在都是鼻涕，也分不清到底谁挡了我嗅觉的道儿。

3. 生梨是亲娘，真的，第一次发现生梨真的是人间美味。生津止渴润肺清凉，吃一块梨，就是那种久旱逢甘露，干涸的沙漠中找了那一股清泉。

4. 骨头痛，每一节骨头好像都错位，不在自己的位置上。但是它又是真真切切在自己的位置上，就是浑身不舒坦。

5. 除了温度很高很高，不要用冰宝贴（当然因人而异）。本来烧得哼哼唧唧，一贴不知道是怎么的，冰冷直接刺到脑袋里，头痛欲裂，迷迷糊糊想睡觉，又突然精神百倍地沉浸在头痛中，深刻感受到人间清醒刻骨铭心，惨痛绝伦。

6. 动作幅度要小，会晕是真的。那种耳石不正的眩晕感是第一次体会到，地球在公转自转，诚不欺我。

7. 翘皮是有的，有人说极度缺水。新冠会让你各处的皮干裂翘起来，可能是冷，空调24小时未关的关系，反正各种皮是干到冒头。

8. 接纳自己的怪念头，去完成它吧，比如我现在想吃×××的牛油巴旦木奶昔。

由此可见，吾乃干饭株、码字株无疑。

卧榻说

主题就是疼：骨头缝也疼，有个大脚趾的穴位也莫名疼，拿着手机手也疼，脱衣服脱裤子皮肤擦着疼，翻身后背疼，就算坐着不动整个背都弓起来疼……有朋友说我可能集几个株于一身，觉得也有可能，反正干饭株是逃不掉的，接下去码字株也是有实证的，估计疼痛株也是有点在身上的。

今天是阳的第三天，记录一下真情实感：

1.咳嗽吐痰出血。估计就是毛细血管破裂，反正自己就不吓唬自己了。这年头，既不可能当无须就业的林黛玉，也不会得了病竟无法医治，焚烧掉诗稿了事。

2.嘴巴里长出了水疱。莫名其妙，喉咙里长出来水疱，今天，吞食Vc高食物的时候，竟觉得喉咙痛，可能是咳嗽或者吃东西把这水疱咯破了。

3.嘴巴里觉得苦。罗汉果白茶喝了除不掉苦。也没有呕吐，苦胆也没吐出来，不知道哪里来的苦味道？反正味觉出了问题，已成定局。

4.自己原有的过敏症状明显消失，在免疫力问题上终于不来掺和了。

5.队友昨晚也开始有症状；听母亲大人说，她现在感觉也不对。可以推断，奥密克戎病毒的潜伏期约为3天。

6.整个身体似乎到现在变成"大庆油田"了，油腻难耐。我不敢洗头洗澡。朋友特地给我划重点，不可洗头洗澡。谁知道到了晚上，我终于按捺不住——我把所有取暖设备开到最大，洗头洗澡出来浑身轻松，把空气净化器的热风开到10档，跟电吹风一起吹干头发，浑身舒服多了。

现在母亲大人带着小添，她身体不舒服了，可能也阳了，我该怎么办？到底是回娘家去，还是不回去……不回去，怕母亲大人一个人照顾小添，风险颇大。回去吧，队友说，我们仨阳对着小添后果严重……

想了想，还是以不变应万变吧，反正队友也已经烧到40摄氏度了……

算了，不必想太多。大千世界，吃五谷杂粮，人也不可能永远健康。看看朋友圈都在调侃自己中的毒株，反观自己躺于病床，千万别"忧从中来，不可断绝"。作为中年少女，要的是元气满满！

反正人就这样躺着，大脑还没有宕机，想着自己整日没心没肺嘻嘻哈哈，现在收获了诸多关心。正所谓心宽，快乐就多。烦恼本无根，不捡自然无。世间之事，一念而已，心中若有事事重，心中若无事事轻。难得有时间让自己静下心来，虽然有些迷糊，但是现在想说了久违的独处时间。停下脚步细细思考，好好思考一直没有静下心来思考的事儿，虽说脑子有点晕乎乎，还掺杂着各种症状，反正马上就会好起来的。

其实，身边阳了的朋友们都一样，都在朋友圈调侃自己的毒株和症状。其实大家的心态都很乐观，在嘻嘻哈哈说自己症状的时候也无意中减弱其他朋友对新冠的恐惧。

  阳了几天,感谢朋友们的温暖问候,这时候看出来是"真"朋友了,俗话说:我胡汉三还是会回来的!

  哎呦,我只是个得了个新冠而已。

小人儿，大世界

一疫三年，终于到了放开的时候。

对此，在这三年里，大家伸长着脖子翘首以盼，被锁了三年的脚头早就蠢蠢欲动……看看整个朋友圈敲锣打鼓，似乎大家都觉得不出一次上海，就对不起自己那颗喜欢放飞、看遍世界的心，哪怕是去包邮区逛一圈，在朋友圈里晒个旅游照，在打卡地定个位炫一下，也是顶顶好的。

女儿问我：妈妈，为什么大家都那么喜欢旅游？

那要从一个叫马斯洛的人说起，他把人的需求分为五个层次：生理需求、安全需求、社会需求、尊重需求与自我实现。自我实现需求就是金字塔顶端最高等级的需求，属于创造性需要，也就意味着全心全意、充分忘我地体验生活，那么暂且就把这一颗想立马飞出去的心，归结为自我实现需求。看来普罗大众在现代社会主义核心价值观的引导下，富强民主文明和谐地实现了其他四层需求，继而向第五层进军。

生活好了，物质丰富了，自然而然地，大家就做自己想做的事情——放眼看世界去啦。

从女儿出生那一刻起，我就想好，将来要带着她去各个地方，感受不同的路边风景，感受不同的民族习俗和语言文化……

于是，当她8个月的时候我们去了泰国，那时候正好是十一小长假。在华欣的酒店里，我女儿成为了见到泰国公主朱拉蓬最小的外国娃。记得那时我们站在酒店大堂里，因公主到来而临时封闭，所有人都原地等待不准进出。我们正好想出去吃海鲜，谁知就那么巧卡在了门口，就只能等公主走了以后才能行动。那时的我们抱着娃，看着地上齐刷刷半躺了一大片人儿，后来才知道这是泰国的跪拜礼。那时候的我们，站也不是跪也不是。心想着跪吧，手里还抱着个年仅8个月的娃；站着吧，就我们几个是不是太引人瞩目了些？外婆用上海话说：阿拉是外国宁（人），伐用吓（不用怕），就站立了吧！如问起来，一听阿拉是外国宁，应该没问题的……文化差异晓得哦！

好，关键时候还是听外婆的，毕竟她见多识广！于是我们战战兢兢地站着，我的后背还出了一身汗，就怕手里这个小人儿一不顺心，就不讲道理，见到公主扯着嗓子吼……

我甚至还脑补了，万一冲撞了公主，被押解出境后，求助祖国大使馆救我们，然后将我们的事情，登上各大报刊头条的各种场面……

谁知道，紧张而又严肃的气氛是会传染的，这位小朋友全程出奇地安静，小眼睛滴溜溜跟着公主，就当她在行注目礼吧，居然坚持完了整个仪式！为了奖励她"轧苗头"，奖励了一顿生猛大海鲜——当然，最后都是我自己吃的……谁知道回酒店后，公主的狗还在酒店里溜达。眼拙的我们居然没有瞅见牵着狗的女官和狗身后的两位保镖。抱在手上的小人儿咿咿呀呀伸出手就要去碰狗狗，谁知道就在那一瞬间，狗身后的两位保镖"噌"地出现了。我眼疾手快连忙抽出抱着娃的另一个手,顺势把娃伸出要去碰狗的那只手往上抬……碰不起啊碰不起。谁知道初生牛犊不怕虎,娃儿滴着口水,对着对面那位嘿嘿笑,还咿咿呀呀手舞足蹈地说着连我都听不懂的话。

瞬间保镖退后,女官开心地逗娃了。我的冷汗还没收进去,就遇到了乐师们敲着我们从未见过的乐器,演奏起泰国传统乐曲。于是,8个月大的离沪"驻泰国外交部婴儿发言官"对着乐师们报以热烈的婴语问候。谁知万物皆有灵,就算有着文化差异,这群有着一定年纪的艺术家还是笑眯眯地对着仅有的四位观众演奏了一曲又一曲。小婴儿又一次出奇地安静,对着一群爷爷用小眼睛放电,还时不时抖抖脚点点头,偶尔发出"嗯嗯嗯"的声音像是在评论。

外婆还很应景地用上海话说:好听是哦?好听拍拍手哦!于是,我女儿用尽全身的力气在点头,虽然还不会拍手,但是会把手指头从嘴巴里拿出来对着爷爷们挥一挥。我们给她暗戳戳起了个小名:专业捧场王……一致得出结论:小人儿也是会轧苗头的,情商高,知道什么时候该怎么办、做什么,会跟着周围的环境调整自己的行为……

第二年的一月,也就是女儿一周岁的时候,我们飞去了海南岛。那时候,女儿垫着尿不湿,坐在沙滩上安安静静挖沙,我们享受着岁月静好。后面从海口开车环着岛一路博鳌、五指山、三亚、南田玩过去……自驾的车程很长,小家伙安安静静在车上看着窗外吃吃睡睡,感受旅途的美好,也算是提前做个小驴友……

一岁半正好是暑假,去了日韩邮轮,两岁去了马来西亚……其中利用小长假我们把包邮区去了个遍,有些地方还去了三四次,早春去看油菜花;立夏去桑园里采桑葚;夏天去看荷花或者去山里泡小溪;冬天去山里看雪……包邮区自驾游,按照一年四季划分得明明明白白、清清楚楚。只要有时间我就带着她走进大自然中，因为我觉得一个在大自然中长大的孩子，会感知周边，懂得四季，敬畏自然，珍惜生命，这些都是书本上无法给予的。

一个在自然中长大的孩子，终究要回归到大自然中的，这是人的基本属性。一个走过大江南北的孩子，能看到广袤无垠的天地，能感受喧嚣与宁静的反差，真正懂得，什么叫美好。美好的含义其实有很多种，不同的人有不同的理解。有一种美好恰恰源于生活，源于大自然。美好也许是一抹夕阳，或者是一缕朝霞；也许是壮丽的山河，或者是天上飘逸的云朵；也许是夏季的绵绵细雨，或者是冬天的一场飘雪；也许是茂密高大的森林，或者是满是青苔的墙角上绽放的一朵小花……

小人儿是要看大世界的，因为小人儿会长大，终将投入到大世界。

记得曾经读过胡适写给孩子的信——

我养育你，并非恩情，

只是血缘使然的生物本能；

所以，我既然无恩于你，

你便无需报答我。

反而，我要感谢你，

因为有你的参与，

我的生命才更完整。

我只是碰巧成为了你的父亲，

你只是碰巧成为了

我的女儿和儿子，

我并不是你的前传，

你也不是我的续篇。

你是独立的个体，
是与我不同的灵魂；
你并不因我而来，
你是因对生命的渴望而来。
你是自由的，
我是爱你的；
但我绝不会"以爱之名"，
去掌控你的人生。

人心都是相通的，我觉得胡适先生的话非常有道理。我生的是女儿，但我的体悟也是如此。

飞行

自从全面放开后,女儿睡觉前天天念叨以前的旅行。

乘着飞机飞、飞、飞——美国、马来西亚、曼谷,哪怕是不出国的桂林、海南也会带来如此多的快乐。

坐着火车哐、哐、哐——看着复兴号、和谐号从身边飞驰而过,奔向心中的北京天安门和长城。

站在邮轮上呜、呜、呜——原来邮轮上的救生演习竟然如此严格,一直体验到哪艘邮轮床垫最柔软?哪个餐厅里的餐食最好吃可口?……

不仅如此,她还和我一起深入讨论了日韩邮轮上每一次离开港口时播放的乐曲——那首安德烈·波切利和莎拉布·莱曼合唱的"Time to say goodbye",女儿甚至可以就此曲播放的时间节点与音乐给人的感觉跟我进行讨论。这是一首充满依依不舍与离别无奈的歌,每次离港就充满了这样的情绪,多应景啊!不仅如此,迪士尼邮轮上的各种餐厅——琳琅满目的自助餐里有大大的蟹钳,自己能在甲板上做冰激凌甜筒,还有巴拿马漂流岛上到处飘着BBQ香香的味道,难忘最后的海盗夜,大家装扮成海盗,吃饭的时候海盗大巡游，最后甲板派对与烟花秀……我很接翎子（懂得个中的含义）地说：我知道了，你是想旅游吧？

女儿马上接话：是啊，我都快忘记坐飞机是什么样的感觉了！妈妈，我已经三年没有出上海了，三年！三年！！三年！！！妈妈，我才十岁，就三年没有坐飞机没有坐邮轮没有……

突然手机铃声响起，爸爸来电话："你们来深圳吧？我觉得这里不错，我办事，你们自己玩吧。"

此时，小添已经顾不得晚上几点了，激动地从床上跳起来，一边蹦跶一边喊"乌拉"，也不管现在几点了，是否扰民。她恨不得用火柴撑住眼皮子，直接熬到天亮，拉着行李说走就走！于是我立马和领导申报离沪，好在领导很理解，马上批准，随即买了去深圳的机票。第二天睁开眼，两个人就用超音速整理完自己的行李箱，来了一场说走就走的旅行。

因为整个行程仓促又未规划，选择的航班无法网络值机，又害怕下雨堵车延误登机，所以顶着冬天的细雨与阴冷，拉着行李箱乘坐地铁去机场。在路上，这位四年级的娃儿像从未坐过飞机的四岁稚童般叽叽喳喳，兴奋不能自已。好在这位四字打头的娃儿对于玩这件事情有着强烈的责任意识，拖着自己的箱子一路"噌噌噌"走到人将飞起……到了机场我又经历了娃的从小到大"妈妈你快看……妈妈看这里……妈妈看那里……"的哇啦哇啦的场面……

为娘就想不通了，不就是乘个飞机吗？为什么那么开心？不应该旅行的过程比坐飞机更开心嘛……

女儿说："你不懂，飞到天上比陆地上走更神奇！坐飞机是出去玩的仪式感，仪式感你知道吗？就是一定要有乘飞机这个过程，我宣布：我开始旅行啦！没有飞机的旅行那不是旅行，那是郊游！我三年没乘飞机了，三年！"

"停，打住，你这是哪里来的歪理十八篇？"

"不，这不是歪理，这是真理，我的生活就是要有这样的仪式感！"

有时候孩子的回答会如此猝不及防，让我一瞬间无力招架，细细一想也是这么一回事儿——理解她的快乐。虽然发现人的悲喜不一定相通，但是至少能做到一些共情……

"妈妈，今天有飞机餐吗？"

"有。"

"这个航班的飞机餐好吃吗？"

"不知道哎，这个公司的航班我没坐过。"

"会不会比N航D航Q航J航的好吃？"

"那么你可以期待一下，你为什么那么关注飞机餐？"

"因为我觉得飞机餐很神奇，送来的盒饭每次都不一样，很好玩啊……"

"那你是把飞机餐当作开盲盒了。"

"好吧，妈妈你说C航是不是空姐真的会提供老干妈给你下饭吃？"

我已经脑袋嗡嗡，耳朵轰轰："不知道，C航我也没乘过……"

"那么下一次我们去成都、重庆吧，我要坐有老干妈的航班！"

我想起了《阿甘正传》中的那句经典台词：生活就像巧克力，你永远不知道你下一个会得到什么……哦不，带着娃就像巧克力，你永远不知道她的下一句是什么，还要绞尽脑汁去回应。但是她的话似乎又有些许道理，似乎无时无刻对我说：这是我的人生哲理，你品，你品，你细细品！

确实，人不能太忙，太忙，身心疲惫，如果不能摆脱这种困境，不能抽时间去旅游，就会根本没时间去仰望星空；人也不能太闲，太闲，心空落落，猜忌怀疑抱怨愤恨就会乘虚而入。"人闲桂花落，夜静春山空"，是一种诗意的闲；百无聊赖无所事事是一种病态的闲。人生在世，要学会控制"闲"度，适当找点事做。当你懂得了"忙"的方向和"闲"的意义，生命才会呈现出应有的状态，这也许是我此次说走就走的理由吧。

上了飞机，女儿才发现这个航班是架小飞机。小飞机的结构是：过道在中间，左边靠窗3个位子，右边靠窗3个位子。娃值机时选择靠窗位，于是凑近我的耳朵悄悄说：妈妈，我水喝得有点多，万一上厕所走进走出，会不会影响到坐在最外面走廊边的小姐姐？

突然间我觉得她的确长大了，一路聒噪的场面是她抑制不住对旅行的向往和快乐，现在耳边的悄悄话是她对自己的社会行为有要求，对自己的行为做出利他的判断，同时说明她有着较高的道德标准去约束自己的行为，关心自己的行为是否会对他人有所影响。

我说："不会，只要合理、正常的需求，别人是理解你的，你不用特地约束自己不喝水、不上厕所。"

"那么我想小便了怎么办？"

"我们可以和邻座小姐姐礼貌地提出你的需求。"

"好的，我也会尽量等一等，小姐姐上厕所了，我也能跟着去排队，这样就可以一起走，不用麻烦她多让我走一次了。"

瞬间，我被我的小棉袄暖到了，她不仅暖到了我，还默默地暖着身边的陌生人。

可能是小姐姐听到了我们的对话，当小添想去上厕所的时候，特地扶了她一把，怕她摔到磕到，善意是能感受到的，女儿立马说："谢谢姐姐。"小姐姐笑了一笑："不客气。"

整个飞行过程中或多或少是会打扰到别人的——飞机起飞前在

跑道滑行，抑制着自己差点欢呼出声的娃，特地压低了音量，但是在安静的机舱里还是有点响："妈妈，你看跑道上不用红绿灯，地灯是红的、蓝的、黄的……"；飞机起飞的瞬间，娃就像坐过山车般兴奋，脑袋贴窗子看着窗外："妈妈，这就是迪士尼的冲天抱抱龙PLUS版"；比如机舱暗灯的时候，小添打开头顶小射灯看《八十天环游地球》；飞机放下起落架落地瞬间发出了惊呼："哇哦那是激流勇进！"虽然很想捏住她的嘴，但是3年后的放飞，对于孩子来说的确是有些情难自已。还没等我提醒她安静一些，就感受到她尽量压低着声音欢快地和我嘀嘀咕咕，那一声声"妈妈妈妈妈妈妈妈妈妈"却是飞行中最快乐的瞬间。

　　我突然感悟到，无论是大人还是小孩，一个人若能找到属于自己的兴趣点，人生就会加倍有意义，生活才会感受到幸福。我们期盼着许久未出门那遗失的美好，带着许久未出门的憧憬，一面在抑制着自己的兴奋，一面又抑制不住像感叹。其实，人就是这样的社会性群居"动物"。因此，我们除了在工作和学习时，和快节奏握手，也需在闲暇时，活出一份自己的通透与浪漫。这样，我们就会分分秒与美好握手，多走走多看看，到大千世界里去看花开花落都是景，看月圆月缺都有爱。偶尔的放慢脚步，不是偷懒，是因为需要在快节奏中停下脚步。只要心中有美好，世界就是一首充满爱的诗。记得电影里麦兜曾经憧憬过去海岛度假：啊，蓝天白云，椰林树影，水清沙白你看，梦就是一个美好的愿景，就是一个幸福的期待。所以带着乐观和世界握手吧！

　　和棉袄再一次出游看世界，真好！

深圳的大梅沙之行

有一首老歌,有时会在脑海里回响——

"1979年,那是一个春天,有一位老人在中国的南海边画了一个圈,神奇般地崛起座座城,奇迹般聚起座座金山……"

《春天的故事》,这首脍炙人口的老歌中的主角就是深圳。

想起曾经在网上看到对北上广深的部分评价:北上广深不相信眼泪,只相信奋斗;有人是笑着继续,有人是逃着离开;城中的人想出去,城外的人想进来……

在我的潜意识里,北上广深应该差不多:蜿蜒如龙的高架桥层层叠叠,夜幕下,白色的车灯和红色的尾灯如河流般缓缓流动;路边高楼大厦鳞次栉比,一栋更比一栋高,匆匆走过的行人,恐怕无人在欣赏大楼美丽的灯光;上下班高峰拥挤的地铁里,密密麻麻攒动的人流,像被一只无形的手推着,机械地按着顺序往前走,大家默默低着头刷手机,手指不断地往上划啊划,偶尔响起电话铃声划破被安静凝固住的那道屏障……至少,上海是如此。

一首歌及永远的好奇心将我带到了深圳。

地铁站的灯箱广告直接给了我视觉冲击:大大的版面,大大的字："加油！打工人！""756万+I=深圳""我们只是平凡，但绝不平庸""奋斗者，不寂寞"满墙满目的奋斗标语，似乎让自己的小宇宙燃烧了起来，顿时热血沸腾，充满干劲。

可能深圳的生活节奏就是如此吧……我默默想着。

由于带着孩子、拉着行李，我们一下地铁就打车。上车后，有些闷闷的气氛，让我怀念上海大众、强生的老爷叔们，会用着非常经典的海派普通话和乘客唠家常破破冰。忽然听到司机小哥哥手机里传出请勿和乘客聊天这句话时，才知道原来是这里有规定，不能在车里聊天……由于我俩导航上有一段路显示不同，才和小哥哥讲了几句话，于是小哥哥的话匣子滔滔不绝地打开了，原来人嘛，都有着社会属性，要唠唠嗑的。小哥哥是深圳本地人，他表示很想去上海玩，那当然是热烈欢迎啦！小哥哥和我们说，香港就在隔壁，你们也能去玩一下哦。女儿想起她去的时候香港迪士尼的城堡在装修，是一块板临时"假装"一下的，就脱口而出："上海迪士尼比香港迪士尼好玩。"

人家小哥哥好心推荐我们可以去香港玩，谁知道童言无忌，竟说香港迪士尼不好玩。我立即担心会不会就此成为聊天的终结者？谁知小哥哥很开心地说："是吗？我还以为迪士尼差不多的呢，我更想去上海玩啦！"我暗暗松口气，终于没有把天聊死……

接下去深圳的快乐之行开始啦！

在酒店下榻后的第二天，睡觉睡到自然醒。看着天气预报是阴天，趁着天气不是很晒，我和小添决定从盐田港滨海步栈道走到大梅沙玩玩。我们边走边感叹，山脚下海水如此清澈。虽然已经过完元宵节了，但是深圳的年味并未退去，红色的灯笼依旧挂在路边的树梢上，随风摇晃，似在招手，热热闹闹的，非常喜庆。

步栈道规划得非常美，由于地理气候与上海不同，我们看到了许多未见过、叫不出名字的花花草草。

小添兴奋地说：妈妈，你看，这些花都是动物森友会（任天堂的游戏）里出现过的，一模一样。

真的是一模一样哎！当遇到不认识的植物，她就拿出手机App拍照识物。走走拍拍停停，一小段路程竟走了半个多小时，她把时间都花在了了解深圳的一草一木上。

突然，旁边路过一对老夫妻，老爷爷和老奶奶边走边看着我们俩："介个小孩怎么不去上学校？麻麻瞎搞带粗来玩，唔好好念书咩……"

我和小添原本开开心心地走着，冷不丁来了这一段，怎么都没想明白这是怎么一回事。不过，老夫妻离开后，过了一会儿我们就将其抛之脑后，继续快快乐乐往前走。

滨海步栈道上都是太阳能的灯带，每走几步就有保护环境的提示语，间隔着的是海洋生物的科普版面。

小添作为动森游戏的博物馆建设者，对着科普板上的海洋生物照片，开心地字斟句酌研究起来，她仿佛在现实世界里对着虚拟物体提现。我看完科普版后，看到地上还有各个朝代脍炙人口的古诗词间隔着，觉得这条步栈道也为文化传承、生物科普、环境保护做着无声宣传，甚好！

于是我们又走走看看，龟速前进。步栈道下的海浪拍打着岸边的礁石，"哗哗"的声响，——哦，我们听到了大自然的心跳，反而令人感到无限的寂静。再次放慢脚步，随之细细品鉴这座城市带来不一样的文化体验——大海比上海清澈，城市细节比上海做得更加细致。

前半段步栈道在礁石边上，最低洼处可以走下步栈道，爬上礁石。有些低洼处的礁石上有着积水。仔细看看会有一些小可爱在水中，我们找到了海藻、小生蚝、各种像藤壶一样的小小的带壳生物……虽然比不上赶海那么开心，但是这些小生命也给看到海就开心的我们带来一些小惊喜。

海浪拍打着礁石，浪花时大时小，有时会猝不及防地一个翻滚直接向我扑来，来不及躲闪的我，被打湿了鞋子，跳到一边躲过一劫的小添咯咯直笑，那是久违的轻松与快乐。

沿着步栈道走走停停逛逛，我们用了近一个小时才走到大梅沙。大梅沙是个沙滩，沙滩上有着许多被海浪冲上来的海藻。我们脱了鞋光着脚把海藻一个个丢回大海。谁知一转身一个浪打来，泡沫冲到脚上痒痒的，同时把海藻又送了回来。我们丢了捡，捡了丢。并且在沙滩上画画，追着浪花跑，在沙滩上乐此不疲，虽然没有什么非常惊艳的风景，但是这一份快乐，却是几年来缺失的。

我们在沙滩上待了许久，直到爸爸办完事儿来找我们，才依依不舍地离开大梅沙。下午去东部华侨城，乘坐了那里的森林小火车，——这是小添查完攻略后心心念念想去的地方。当夜幕降临时，小添想回到大梅沙看一下那里的夜景，我们就陪着她去。

夜晚的大海非常黑，黑到似乎能吞噬一切！沙滩上的超大灯光打入海中，也就照亮了一小小片可见的范围。海浪哗哗地撞击着堤岸，沙滩上只有三四个人在拍照、散步，一边的救生员依旧笔挺地坐在救生椅上，丝毫不见松懈。

我们沿着步栈道准备走回盐田港。一路上没有遇见别人，只有风和海浪声与我们同行。一旁的太阳能灯全部亮起来了。我们在步栈道的轨迹，是以"之"字形折回上山，感受到了这座喧嚣之城难得的宁静。回去的脚步，因为夜晚的凉意加快了不少，再一次走过白天刚走过的道路时，已经没有了陌生感，有的是对这条道路的熟悉与回酒店休息的渴望。

路上和小添开玩笑，盐田盐田，是不是以前这里就是晒盐的田？秉着不懂就问的精神我们真的查了盐田的由来，果然，盐田曾经真的是晒盐之处，20个世纪90年代才关闭最后一座盐场，后来改为盐田港，专门进出集装箱货轮。看着对岸灯火通明的集装箱码头，回头看看刚走过的步栈道，感叹这座城的这个角落，居然把动与静结合得如此自然贴合。

深圳，我们有点喜欢这座城。

深圳梧桐山之行（上）

继大梅沙之后，女儿小添对这座城的喜欢一发不可收。

晚上，从踏进酒店的门就在想明天要干些啥？好在四年级的娃可以自己查阅资料做攻略了，她在各个App浏览之后一拍桌子："决定了，我要去爬山。"其架势颇像战场上的指挥官。

"爬山？可以啊！"我之所以那么爽气答应，是因为内心觉得深圳的山不会太高，毕竟人人皆知，中国的地势西高东低，这儿又地处海边。

小添做好了攻略，大家心结消失，我们可以睡到自然醒。起床后，步行去海鲜街吃早饭，吃完早饭叫车去秀桐道，行走2140米，就OK啦！

"嗯，这个规划还不错，听上去很悠闲，很简单，没问题啊，给你个大大的赞哦！"我心里乐呵着夸奖小添。

养娃千日，用娃一时。现在不仅无须再去管她的吃喝拉撒，居然还能帮我做攻略了！看上去还很不错，爬完山，晚上吃顿好吃的犒劳犒劳她，让她下次做攻略再卖力一些。

后来的事实证明，是我孤陋寡闻，太天真了！因为她找了深圳

Top.1——梧桐山。

一早，按部就班，我们按照计划步行去海鲜街吃早饭，体验了一把广东人"悠闲的早茶"。一边吃，一边啧啧啧称赞："上海的美食店×××啥的LOW爆了！"

在海鲜街，我们随便选的店，那肠粉滑润鲜香，鲜虾云吞馅儿Q弹，核桃包香气扑鼻，叉烧包咸甜适中，猪猪包精致可爱，各式点心怎么吃都Yummy！Yummy！而且量大到吃不完，结账的时候还给我七五折！店员看我们没吃完，还给我们打包盒。我想着去一下洗手间，就把打包盒交给小添，让她打包。等我出来，已经打好了包。老板娘知道我们去爬山，怕我们吃起来不方便，特地多给了我们几双筷子，让我们路上随便用，让我的内心感到暖暖的。

走出店门，我跟小添说：我越来越喜欢深圳这座城市了，你看从昨天到今天，我感受到这座城市的人文环境多好啊。

小添默默不说话，我压根没发现，继续叨叨叨：你看车子快到了，我们今天爬山有这些吃的，就不用担心能量不够啦……嗯？我终于发现小添不吭声，问："你怎么了？"

"打包的时候阿姨问我，你为什么不去上学，妈妈怎么没送你去……"

"哦，你怎么回答的？"

"我说我是来旅游的，上海要下周才开学。"

"非常棒，不过连着两天都在问你为什么不上学，我估计深圳开学了吧。"我打开手机，查了一下，果不其然，深圳上周就开学了。

"妈妈，他们为什么要盯着我上学啊？他们又不认识我，我上学不上学，跟他们没关系的呀。"

"他们可能很注重教育，而且很热心，善意提醒你应该上学，不要贪玩。同时，他们觉得妈妈带着应该去上学的孩子到处玩，是不负责任的行为。所以，他们其实是在关心你，也在提醒我不该让你浪费时间玩物丧志，没有恶意的。"

车来了，司机大叔一路与我们唠嗑，把我们送到了梧桐山下。下车前特地问我们：小孩几鞋几穿运动鞋了吗？泥们喝的水带够了吗？爬山几意安全哪……

我们下车的瞬间，大叔还特地说：妈妈带着孩几别走太远啦，爬爬就好啦！山很大很深哪，没个七八公里出不来哪，别走太远哪，一定要小心哪，慢慢爬……

我们听着大叔的温馨叮嘱，小鸡啄米似的疯狂点头，感觉像自己家的长辈在关心小辈。原来深圳的人文和气候一样，温暖如沐春风。陌生人之间是如此地近距离。面对面就能够感受到对方的善意。

不是双休日，加上天气有些阴雨，一路上山几乎没有遇到过人。估计因为天气不好，没有人特地来爬山。我们目力所及，能看到的就只有通天的石阶。我们俩你看我我看你：就我俩？嗯，看来就我俩了，慢慢走吧，现在才中午11点，说不定走着走着，就遇到人了。

2140米的路，我俩开始跋涉。我一路走，一路教女儿，教会她看山上标有路程、海拔、段号的里程碑，这样如果遇到事情，就可以准确报出自己所在的地点。旁边的石头上也刻着：请结伴而行，勿走无人小径。我们俩还嘻嘻哈哈开玩笑：哪里来人结伴，从头到现在，就我俩，这石头小台阶也别走了，这里就是无人小径……谁知，我忘记了阳康之后自己欠佳的体力，只爬了300多米，就气喘吁吁地说：我累了。小添送了我一个大白眼，似乎是无声吐槽：你真没用。继续活蹦乱跳往上走，她没有阳过啊！就这样，为娘用爱发电，支撑我爬到1300多米，我们终于遇到一位下山的大哥了！

　　人是社会性动物，在安静到只剩我们喘息声和心跳声的山里，遇到大活人开心得不得了。估计大哥也是，他看到我们母女俩，直接竖着大拇指说：小妹妹你好腻害！勇敢哦！再往上就不肆这种石阶啦，肆石堆啦，好难爬，小孩几系有点危险，要小心哦，不行的发就下去啦，路还很长的啦，起码2公里的啦……

　　小添礼貌摇头，铁了心要上去，大哥说：那泥加油哦！祝泥到第一峰哪！

　　于是我们继续出发，在爬了五百多米后，终于看到了大哥所说的石碓，在规则的石阶上，突如其来变成了几乎垂直的，不规则石堆砌成的石阶。我们手脚并用地往上爬。小添很开心，觉得自己像一只壁虎。而体力不支的我，内心很崩溃，就怕意外和胜利哪个先来？

　　周围一个人都没有，到时候叫天天不应，叫地地不灵，我看了看手机信号，是满格，略微松了口气，至少电话能打通。一路提醒前面的小壁虎慢一些，小壁虎越爬越起劲，而我跟在后面越爬越要趴下。谁知小壁虎说：你快看，前面的云把石阶遮住了！

　　我抬起头，手还牢牢地抓住上一级石阶，只见雾气从眼前飘过，瞬间遮住了上面的石阶！就像变魔术般，前面的台阶不见了。我们不禁惊叹出声：哇哦！真美啊！突然觉得自己无比幸运，这等奇观只有我们俩看到啦，这是大自然特地给我们的馈赠吧！

　　一阵风吹过，有些冷飕飕，雾气也被吹开，又露出了石阶。突然，一束阳光照下来，原来暗沉的山路，因雾气的潮湿遇到阳光，突然变得晶晶亮，一旁的墨绿色的植物也突然变成浅绿色。

　　在继续爬的时候，我们已经不顾路面湿滑，瞪着眼睛抬着头，欣赏路边的风景。不经意一回头，脚下的雾气也时聚时散，看着这样奇妙的景色，我喘着气夸起了前面那只小壁虎：你选的道还真不错！

就这样，感觉我俩在无人区里手脚并用、边爬边看，似乎爬了一个世纪，里程碑的数字终于到了2100米！我们激动地用尽最后一丝力气拼命往上爬，以为再爬40米要到了。

哎，不对，看样子不像是山顶啊！因为比较陡，我们看不到顶，带着疑惑爬完整个秀桐道，爬过最后几个台阶，却走上了前面的一根山道，我们连忙寻找里程碑，一看：碧桐道3800米，全程4350米。

啥？来来来，做攻略的小朋友，2140的秀桐道只是秀桐道，不是山顶！到山顶还要再走碧桐道啊！

小添一脸蒙，随即马上反应过来："哦，原来是这样啊，攻略里没写清楚，嘿嘿。"这两下"嘿嘿"，"嘿"出了我的后悔，腿已经在颤抖，阳康后的体力大减真不是开玩笑的！早知如此，就不会那么爽快答应她爬山的诉求！就该我自己做攻略了，默默把梧桐山剔除，不给她看到就行了嘛！

算了算了，好在马上就到了，今天回家好好休息就行了。我们坐下休息了一会儿，喝了点水，遇到两位专业登山者，问了一下剩下多少路程，是否难爬。两位登山者说，就在前面，一点点路，很好走。

我们只好继续沿着碧桐道往山顶走，好在人渐渐多了起来，也不那么孤独。有人就有安全感，视觉上、心理上觉得有个伴，不至于在空无一人的时候，觉得时间特别漫长。

其实剩下的路比起秀桐道的最后几公里，是好走许多，但是也不像专业登山者说的那么轻松。可能是体力不支的缘故，反而越走越慢。我们继续往上走了400多米，到了一个大平台，前面就是山顶。回头一看，雾气层层叠叠，风一吹，吹散的地方就露出了底下蓝蓝的海。头顶上，时不时出现的阳光，配合着雾气的聚散，就像舞台上经验十足的灯光师，根据脚本变化着光芒。

"妈妈，你看盐田港！"女儿惊叫道。

雾气不知何时突然全部散去，露出了整个海湾和大海里大大小小一座座深绿色的山。我们欣赏美景太投入了，直到旁边的人收起登山杖，拿出手机拍照，我们才想起来，居然忘记了拍照。可是当我拿出手机，雾气像和我开玩笑般地遮住了蓝色大海，阳光也躲了起来，只剩下中间一块只能看到盐田港口的集装箱大吊车了。哭笑不得的我，索性放下手机，用肉眼去捕捉、大脑去记忆美景。确实，这是照片所拍不出的美！

我们站在平台上忘记了讲话，就静静地看着山下，时间似乎静止了，风盖过了呼吸声，一切都是如此梦幻。

"妈妈，我喜欢梧桐山，我喜欢深圳，你看我们没有听从大哥哥放弃前行的话，我们坚持到最后，不过最后也没那两位哥哥说得那么好走。"

"是的，他们说得轻松一些，可能是为了鼓励我们，看我们那么累了，让我们心理负担少一些，但是不排除小马过河的情况。"

"小马过河？"

"是的，对于大哥哥来说，不是专业的，所以觉得路很难走，不建议你走是出于安全的考虑。对于专业登山的人来说，比起悬崖、乱石堆，他们觉得只要有路就已经很好了，所以觉得这路很容易走。我们现在就是小马过河，听别人说的，只能作为参考，只有自己去走了，才知道究竟如何。"

是的，在经历了这一些之后，我们有着许多收获：登上了"鹏城第一高峰"，这是小添十岁中记忆最深刻的勇登高峰，无敌美景，就是挑战自我后，大自然给予的馈赠，今后她的人生道路也会遇到如此坎坷的经历，届时就会敢于披荆斩棘。

然而，不是所有的时候都有人陪伴，当孤独的时候，坚持到一束光，或许那束光就来自爱她的人，又或是一位陌生人。微笑与鼓舞，就会成为动力支持着她前进。能坚持走到最后的，一定会收获不一样的风景。

相信这个道理，小添总有一天会明白的，我坚信。

深圳梧桐山之行（下）

靠着我们的毅力，爬上了海拔900多米的"鹏城第一高峰"。

这块大石头，被一群团建的人占据了半个多小时，不断拍照，乐此不疲，还没有下来的意思。

等着等着，我的耐心被磨灭，旅游打卡照就不想拍了，准备到别处遛遛。

小添却乐观地说："没事的妈妈，你网上搜一下都是大石头的照片，各种角度都有，拍得比你还好。"

我赞同："是的，那么我们就找个地方静静地欣赏山顶的风景吧，不用乌泱泱地挤在小小的山顶啦。"

我们找来找去，看来看去，山顶的风景反而没有前面那个大平台好。看了看时间，已经下午两点半了。可能太累了，我俩都没觉得肚子饿，就喝了点功能性饮料，补充点糖、能量和电解质。想到"上山容易下山难"那句老话，我决定索性现在出发，慢慢往下走。

小添还依依不舍，不想下山。于是，我把我的考量告诉了她：万一晚了的话，太阳下山，黑咕隆咚，啥都看不出，我俩都不具备野外徒步探险的条件和能力，——没有防寒衣物、没有照明设备，也没有野外生存经验；山里有蛇和其他我们对付不了的野兽；不要忘记，中午爬上来时，我们走了几个小时都遇不到人；黑暗中会更困难、更危险；何况司机大叔在与我们分别前，一直叮嘱我们不要走太远。所以，我们一切以安全为重。

小添想了想，表示同意。可是水瓶座的娃，觉得上山走过的路没有必要再走一次了，她准备挑战凌云道，1700多米，就是非常陡。

出于安全考虑，我觉得下山那么陡，还是具有一定的危险性。我们没有登山杖，万一再遇到秀桐道的那种不规则石阶，就更危险了。和小添商量了很久，她依旧想挑战凌云道，但都被我否定了，我们谁也说服不了谁。于是我们商量了一个折中的办法：问别人。我们找了山顶的摊贩老板，他一定是最熟悉梧桐山的人。老板一边抖着腿，一边嗑着瓜子，皱着眉头想了想：最细合小孩几的下山路，那泥就走好汉坡啦！还抬了抬下巴，指了指他身边最左侧的那条道。

我俩互相看了看对方：听不听？听。那走不走？走。

于是，我俩雄赳赳气昂昂，出发去好汉坡咯！

刚走到好汉坡的石阶往下一看：哎哟妈呀，腿软一半。这陡得也太厉害，在山上看得到底下的大平台！我们秉着无条件信任"地头蛇"的推荐，开始往下走。

好汉坡比起秀桐道，人多了不少，上上下下地，一直有人擦肩而过。谁知没走多少步，膝盖就开始打战，体力太透支了！我尝试着往右侧过来走几步，就往左转过来走几步，依旧缓解不了膝盖的战栗。好在底下就是山脚下的大平台，依稀瞧见那里有一个便利超市，那就是支撑我的最大动力。

此时，一直蹦蹦跳跳的小添也明显感觉吃不消了，速度慢了些。

山上正好是杜鹃花儿绽放的时候，我们走走停停，看着满山的杜鹃花，也缓解了些许不适。走啊走啊走，看着平台上的便利店越来越大，在我看清它招牌的瞬间，我开心得叫了起来："胜利就在前方，到便利店后，里面的东西随你挑！"

小添也打起精神，蹦跶蹦跶跑下山去，瞧，便利店的诱惑那么大！而我的膝盖已经承受不了，往下踩一步抖三下。就这样，看着便利店的照片，跟小添说着"望梅止渴"的典故，很快赶到了那家便利店。

踏进小小的便利店，此时就像见到了我的亲娘，那茶叶蛋、关东煮的味道是如此熟悉。小添也不贪心，只要了一个冰激凌就可以满足了。

我们俩挖着各自杯子里的冰激凌，准备继续赶路。在山底下吹着风，放松一下抖个不停的腿，开心得不顾形象，嘻嘻哈哈开起玩笑来，我俩还在商量着晚饭是不是再去吃那好吃的潮汕牛肉火锅。等到休息够了，我们准备打道回府。

等了好久，发现山脚下居然没有等候的出租车？好汉坡这里好歹也算个旅游景点，怎么连出租车都没有？

算了，我网上打车吧。哎，怎么没有车啊？不对，我俩看了看周围，不像出山了，难道这个大平台只是一个休息区而已吗？我问了问便利店的营业员小姐姐，小姐姐说，沿着大路走就出山啦。我俩也没多想，开开心心地走大路啦。

我们边走边欣赏一旁的花儿，不仅杜鹃开了，还有梨花、凌霄、朱瑾等等各种美丽的花儿争相开放。小添说："妈妈快看，那里有一块牌子，我们比赛谁先读出牌子上的字！"

"好，啊？还有7600米……"怎么了？我的心脏顿时漏跳了一拍。

此时，小添也用不可思议的语气读出了这个7600米！

我的天，是不是意味着：我还要走7600米才能走出梧桐山？然后，才能打到车！！才能吃潮汕牛肉火锅！！！

崩溃就在一瞬间，手里挖着吃的冰激凌顿时不甜了，我俩又一次大眼瞪小眼。

这一次小添的眼睛瞪得比我大：

妈妈，怎么办？

不知道，往前走……

妈妈，为什么没有电瓶接驳车？

不知道，环保。

妈妈，为什么要7600米？

不知道，山大。

妈妈，为什么其他车也没有？

不知道，规定。

妈妈，为什么都是下坡路？

不知道，比上坡好。

……

妈妈，我走不动了……

是的，我早就走不动了。

这里没有里程碑，无法知道公里数，我打开手机导航，北斗高精陪伴着我们，弯弯曲曲的路用它的曲折告诉我：这是一条神奇的盘山公路哎……

妈妈，为什么盘山公路那么长？

因为它不是两点之间的直线距离，而是围着山绕。

啊！7600米是绕着山跑的长度吗？

是的。

接下去的路程，我们见到许多山坡上被人踩出的陡峭小径，有些地方已经没有了泥土，只有树根交错腾空着的空间，想必是有人抄近路爬出来的。每一条近路上都竖着警示标志：此路危险，请走大路。有一些和我同样想偷懒的人尝试着徒手爬过去，不出5步，都退了下来，实在太危险了。下坡的每一步都在挑战我的膝盖和腿，弯下腰能感受到僵硬的小腿和发颤的膝盖，脚趾也因为往前倾斜挤压，痛了起来。

更令我崩溃的是：这里没有厕所。我提议："我们打个电话给外婆吧，聊聊天，转移注意力了，或许会好一些？"

小添说："好啊。"

哦哦 当视频接通的瞬间，外婆第一句就是："白相了开心伐？适意伐？"

不啻在嘲讽！好了，我当场想挂了电话。可小添对着镜头："开心额，但是勿适意！"

当外婆听说我们行走在漫长的7600米时，问我：你们还有多少米？

我看了看导航：还有4300米……

外婆没有控制好自己的音量，笑声回荡在空旷的山谷里。

拿着手机边说话边走着，觉得自己更累了，于是挂了电话，看到前面一位警察拿着单反走走停停，在拍照片。我和小添好奇地看着，我脑补了荒郊野岭的刑事案件，难道他是来破案的？再仔细看看，好像他在拍花嘛。

小添好奇地问："妈妈，警察叔叔在拍什么？我们能不能让他帮助我们，送我们出去？"

"我猜他在拍花，我觉得他不可能送我们出去，因为他没开车……"我气喘吁吁地回答说。

"为什么警察要拍花？"

"我猜他是要做公众号！"我随口说。

"我不信，你说你在上海公众号卷卷也就算了，梧桐山还卷什么公众号？"

"打个五毛钱的赌不？说不定就是做公众号。"我顿时觉得，铁定就是公众号。

"好的，那我今晚加一盆吊龙。哦不，三花趾还是五花趾，不过这里好像没有五花趾，只有肥胼……"小添自己嘀嘀咕咕，我猜她是肚子饿了，给自己画饼。

"警察叔叔，请问你是不是在拍花呀？"

"系的呀。"警察叔叔满头大汗。

"是做公众号？"

顿时警察叔叔圆圆的小眼睛亮了，"泥怎模兹道？泥也系同道中银吗？"

我看了看小添，眨眨眼：你看，深圳的公众号也卷的吧。

我们凑在警察叔叔旁，看着他取景，一起拍拍花儿，也很开心。

不知不觉山里光照逐渐减少，阳光越来越斜，有些冷丝丝了。一看时间，四点半了，太阳渐渐在下山，我们要抓紧了。

告别了警察叔叔，我们憋着上厕所的欲望，快步下山。走在我们身边的两位阿姨也想找近路，减少盘山路程，我们商量着一起找一找比较平缓的近路。突然在我们前面的一个小伙子飞步走下一旁的斜坡。两位阿姨激动地和我们说：看看看，有近路，这个小伙子走的一定是近路，跟着年轻人走没错的。于是我们兴冲冲地跟着走过去。

刚钻进树林的小伙子突然跳出来紧张地问:"你们要干什么?"

"这里近路陡不陡?"阿姨们扯着嗓子问。

"哪里有近路哦,我不是走近路……"

"那你去干什么?"阿姨们太想找近路了,不依不饶地问。

面皮薄的小伙子红着脸说:"高水费啊高水费。"

我瞬间明白了啥,拉着一脸蒙的娃儿迅速撤离现场。

小添还在那边问:"妈妈,不找近路了吗?哥哥是不是没有找到近路?"

"不,他压根不是找近路的,他是小树林里上厕所的。"

"我觉得我也有点憋不住了,怎么办?"

"快走啊!"

接下去支撑着我们向前爬行的动力就是:找!厕!所!

我瞬间明白了那些濒临绝境的人,累到迈不开腿、体力透支的感觉真的很不好。

人有三急,还找不到厕所,那就是急中加急。终于,在靠近出口2000米处,双脚颤抖着,抖到了一个厕所门口。前所未有地感觉,厕所居然也会如此亲切!此时已经五点了,剩下2000米,胜利就在眼前啦!

接下去的路,我和小添说,想去找个店做个全身SPA。小添说,她想去吃潮汕牛肉火锅。我想着找地方泡泡汤澡,解解乏。女儿想去吃潮汕牛肉火锅。我说要不要换一个吃吃?昨晚吃的也是潮汕牛肉火锅,她说还是想去吃潮汕牛肉火锅……

得了,你就是想去吃潮汕牛肉火锅。

她说是的,越是累的时候,越是想吃自己真心喜欢吃的东西。

好的,原来你真心喜欢吃的,就是潮汕牛肉火锅……

走到大门口,我对着梧桐山的山门拍了一张照,觉得我可能这辈子再也不会来了。

小添突然说：妈妈，这是北门吗？我想起来这边西北山脚下有梧桐山植物园，网红很有名……

"潮汕牛肉火锅还吃不吃？6点了植物园已经关门了。"我打断了她，再不打断她，断的就是我的老胳膊老腿了。

"得……吃！"

我说："上车！"

门口出租车排着队等着，大概知道好汉坡下来的已经非好汉了，都挪不动步子了。

上了车，直呼仿佛到了天堂。我连打电话给小添爸爸都没有力气了，只想说：整个身体都不是我的了……我恨不得直接躺在后排，但是理智阻止了我。

"怪不得攻略里有人说，梧桐山只能一年爬一次，爬了一次，要花一年才能恢复！"小添放下书包，四仰八叉地靠在后排座椅靠背上，"我今天上山下山徒步10多公里是不是很厉害？"

啥？一年爬一次？我顿时觉得自己被娃卖了还在替她数钱……

TAXI大叔对我们说："像泥们不太锻炼的银啊，要回去痛个si天的啦！"

我："啥？十天！"

"不不不，si天啦si天！泥表看那六七十岁的老银爬的比泥还快哪！duangduangduang就上趋啦，偶和泥说啦，腿痛痛好了，就开系腰酸背疼的啦……"

唉唉唉，现在就已经腰酸背痛的啦！

手机里深圳的朋友发来消息：你们居然爬梧桐了？我们都叫他"吾同"就是两条腿都不是自己的意思。

哈哈，吾同，还真的是吾同。我俩在后排笑着靠在一起，虽然

177

腿还在颤抖，手已举不起来，但是今天还是很努力的不是？

一起看了美好的景色，从秀桐道这个无人区手脚并用，爬到了山顶。然后暴走，对我们来说，做好了攻略，计划赶不上变化。好歹夕阳看了个七七八八，雾海下的盐田真心难忘。今天下山，又经历了一次"小马过河"，就算问了别人，别人觉得适合我们的道儿，我们也不一定适合。

"其实下山时候抛开安全问题，走凌云道会不会比好汉坡好一些？"我想了一想，"我是不是要和你说一声对不起啊，其实我应该尊重你的意见，你是做过攻略选择出来的最短路径吧。"

"是的，没关系啊，我可以以后再去凌云道，不过后来听取卖水叔叔的话是我们一致同意的，不要紧啊。"小添回答。

其实有些时候，我们对孩子会有许多顾虑，担心这个怕那个，以爱之名让孩子跟随着我们所认为正确的脚步，这也是我教育上要反思的。好在决策不是我一锤定音的，大家都是决策者。

"现在六点了呢。"我说。

深圳的日落比较晚，天还亮着。真是夕阳无限好，只是无心赏。

"是的呢，六点了哎！妈妈，还好听你的，我们下山走了那么久，万一真的天黑了，是会不安全的。"

"哈哈，说明了大家可以彼此参考一下对方的意见，有商有量就好啦。"其实今天我也有考虑正确的地方，最终结果也得到了小添的认同。

其实我的心里还在想：如果今天走的是凌云道，结果会如何呢？会因为陡峭发生意外？会很快地顺利到达山脚后去植物园游玩？又或许会选择碧桐道下山？

但这世界，没有如果。

后记

书名的由来和心语

一直在思考拙著的书名到底叫什么？有一天突然来了灵感，——在春日暖暖，惠风和畅，阳光不太强烈的花园里漫步，满目风轻云淡，便想到了"淡淡"这个词。但如果仅仅用这个词，又觉得有点单薄。

出一本自己写的书，对于我来说，是一件前所未有的事情，人贵有自知之明，我知道自己文笔平平，算不上出众；加之我三十几年的人生也未经历过真正意义上的惊涛骇浪，因而谈不上会有小说般的精彩绝伦和跌宕起伏。所以，用"淡淡"来描述我的书的大致内涵，似乎比较准确。

想着就要出书，必然会翻出自己以前的习作。感觉自己那时候年轻，还是"为赋新词强说愁，却道天凉好个秋"的年纪。回想逝去的那段时光，觉得那时候的自恃年轻，好像都没有好好地珍惜……于是，便有了淡淡的失落，那是回不去的青春啊。

回眸那时候的一些文字，淡淡地回想过去，原来那些日子就算心中波涛汹涌，表面上依旧悄悄流逝，不见波澜。我生活中唯一打破平静的就是女儿小添出生的那一刻——啼哭声划破了产房凌晨的宁静，医生测好小添的身高体重、打好预防针，她哭好、闹好、睡着了……随即整个楼面又被寂静所吞噬。时间依旧嘀嘀嗒嗒地流逝，小添静静地卧在我身旁，我还撑着打架的眼皮打量着与之紧密共处了38周，却又是我第一次见到的小生命，陌生而又无比熟悉。于是，生活中犹如加入了一颗五味子，却又马上融入了时光的海洋；溅起一朵小水花后，又毫无涟漪。随着时间继续一分一秒地过去，围绕着柴米油盐酱醋茶的生活日复一日继续到现在，我的一切，似乎又淹没在芸芸众生中。

生活总是在继续，依旧平静无奇。淡然……就像翻开一本若干年前的相册，回忆点滴，中和了表面的平静和内心的起伏汹涌。人生，到了一定阶段，便越来越喜欢淡然的感觉。

淡然的感觉，像春天的风，温婉柔和，却不失希望。淡然的感觉，似连绵的山川，沉默不语，却不失威严。淡然的感觉，如奔流的溪水，清冽欢快，却不失澄澈。褪去浮华，删繁就简，越来越爱这种恬静的淡然。淡淡地生活，淡淡地思考，淡淡地微笑，淡淡地去爱，爱自己，也爱值得爱的人……

记得《菜根谭》中说过："风来疏竹，风过而竹不留声；雁渡寒潭，雁去而潭不留影。故君子事来而心始现，事去而心随空。"是的，这些悟言，我觉得非常入心，——当风吹过，稀疏的竹林会发出音乐般的声响，风过之后，竹林又依然归于寂静，而不会将声响留下；当大雁飞过寒冷的潭水时，潭面就会映出大雁那曼妙的身影，可是雁儿飞过之后，潭面依然晶莹一片，不会留下大雁的身影，一切都重归于淡淡的平静。而我，在书中想说的事或感受也是淡淡的，许多叙述的事和思考，简单而又絮絮叨叨。如同我们淡淡的生活。由于拙著比较多地涉及自己淡淡的人生中的思辨，所以，用"淡淡"加以概括，似乎也在情理之中。

所以君子临事之时，才会显现出自己本来的心性。一旦事情处理完，心中又恢复了往日的平静。

我常常在想，人有烦恼，就是因为不该记的也抱着不放，无形之中就会背负太多，反而难以前进。大千世界，接踵的人擦肩而过，大家都带着各种表情，其实大多数人的表情都是淡淡的，不管他们身后有着怎么样错综复杂的事儿，淡然似乎就是成人最好的社会面具。淡淡，也是最捉摸不透的。"心静即声淡，期间无古今"，"心静则身安，万物静观皆自得""若无执念在心头，人生何处不清欢""但看人间三千事，先来轻笑两三声"你看，那么多淡然的诗句，总能告诉你古人、来者的豁达淡然心态。"

先贤庄子也曾经讲过一个很好的比喻，叫作"虚舟（即空船）"："方舟而济於河，有虚船来触舟，虽有惼心之人不怒。有一人在其上，则呼张歙之，一呼而不闻，再呼而不闻，于是三呼邪，则必以恶声随之。向也不怒而今也怒，向也虚而今也实。人能虚己以游世，其孰能害之！"

用现在的白话文解读，那就是如果有一个人正在横渡一条河流，而有一只空船撞到了他的船只，即便他的脾气很坏，他也不会生气；但如果他看见船上有人，他就会大声叫喊，让他驶离。如果叫喊声没有被听到，他会再喊一遍又一遍，然后开始破口大骂。这一切都是因为有人在那只船上。但如果那只船是空的，他就不会大声叫喊，也不会生气。如果你能够腾空掉你自己的船，来横渡世界这一条河流，或许就能做到"不以物喜不以己悲"。

不得不为"虚舟"之说点赞！是的，如果有"空船心态"，也就是我前面提到的淡淡的心态，则人生会少好多纷争，人就会少生闲气。其实，生活中很多事，光靠生气是解决不了问题的，放低姿态，不自以为是、固执己见，把自己某些消极情绪淡化，就容易化解矛盾，排解不必要的烦恼。平淡即幸福，淡然地面对一切，执着于平淡的生活，幸福很简单，平淡是幸福的味道，安享平淡的时光，幸福如影随形。感恩于当下，活着就是一种美好，珍惜平淡的日子，每一天都珍贵无比。安于平淡的时光，幸福在心中蔓延，岁月滋养着幸福，漫步岁月之间，体会平凡而又淡然的幸福。

淡淡的生活，藏在百姓人家的寻常日子里，对于我们这年纪的人而言，处于压力的漩涡：上有老下有小，肩负着生存压力和社会压力。所以更要注意控制好自己的心态，诸事如过眼云烟，或许换个角度看就截然不同。专注于平淡的生活，乐享烟火人间，演绎永恒的幸福，可能这就是拙作诞生的真意之所在。

在本书即将出版之际，我还要特别感谢指导我写书的张文龙老师，他从电视台开始就对我悉心栽培，一直到现在，像灯塔般指引着我。还有帮助我出书的唐根华老师，以及上海文汇出版社的领导和出版社编辑老师，衷心感谢您们！当然要感谢的还有我的母亲迷人的洁霞女士、终身队友栋栋和宝贝儿小添，及所有的亲朋好友，包括看到这里的您。

还希望得到广大读者和专家、老师的批评指正！

2023年3月19日于沪上